MUNIR ZALAF

Retratos do tempo

OS CAMINHOS QUE MEU PAI ME DEIXOU

CEAC
EDITORA

MUNIR ZALAF

Nasceu na cidade de Mogi Mirim, SP, em 10 de outubro de 1926.

Em Piratininga, SP, foi alfabetizado e recebeu o único diploma da sua vida no ano 1938. Foi bancário, ator teatral e industriário. Apaixonado pelos livros, encontrou nas letras a voz da sua alma. Membro da Academia Bauruense de Letras desde 1998, seu presidente durante dez anos (2002-2011). Tem cinco livros publicados. "Fantasmas e Fantasias" em 1986. "Soluços na minha rua" em 2005 com 2ª edição em 2007. "Lá fora" em 2007. Pela Editora CEAC "Os cinco Sóis - Uma experiência de quase morte" em 2010. E o presente, "Retratos do tempo – Os caminhos que meu pai me deixou".

Como voluntário, realiza palestra em escolas municipais, estaduais e particulares desde o ensino fundamental ao superior, focalizando o "Incentivo à leitura". Para empresas em geral a conferência sobre o "Sentido e experiências da vida".

Completando 87 anos de idade é um apaixonado pela vida e pelas letras.

Um autodidata sonhador... Ainda.

Catalogação na Fonte do
Departamento Nacional do Livro

Z22r Zalaf, Munir.

IBSN 978-85-8279-004-5

Retratos do tempo: os caminhos que meu pai me deixou / Munir Zalaf. -- Bauru, SP: CEAC, 2013.

120p.; 14x 18 cm

1. Pais e filhos – visão espírita
2. Espiritismo I. Titulo.

133

1ª Edição – Agosto de 2013

5.000 exemplares

Edição e Distribuição

CEAC
EDITORA

CEAC – Editora
Rua Quinze de Novembro, 8-55
Fone/Fax (14) 3227-0618
CEP 17015-031 – Bauru (SP)
www.ceac.org.br/editora/loja
editoraceac@ceac.org.br

Coordenação Editorial - Renato Leandro de Oliveira
Capa e Diagramação – Samantha Alves
Revisão de Língua Portuguesa – Hérica Rodrigues

ENCONTRO DE PAIS E FILHOS

Neste livro o homem é o pai e o melhor amigo do filho. É aquele que o ensina a pescar. Abre portas para que ele possa caminhar e fecha as janelas para protegê-lo. É o homem que não hesita enfrentar os desafios para oferecer ao filho os frutos dos seus triunfos.

Neste livro, o homem é o filho, e na Terra, o melhor amigo que outro homem, seu pai, pode desejar.

Neste livro, pais e filhos vão se encontrar por meio das palavras, dos fatos reais e imaginários nele descritos. Histórias inspiradas pela vivência de cada um.

Pais e filhos, todos, estão reunidos neste livro.

SUMÁRIO

O PAI E O FILHO

Terminado o trabalho numa cidade distante de Bauru, interior de São Paulo, cerca de 200 quilômetros, Claudionor voltava para casa. Viu à beira do asfalto placas indicando entrada para Piratininga. Parou o carro no acostamento.

Piratininga...

Cidade em que vivera durante a sua infância e adolescência.

Lembrou-se da escola, das professoras, do seu primeiro emprego, dos amigos e da primeira namorada. Suspirou fundo. Na memória, quadros coloridos do passado. Sorriu enternecido com as imagens que lhe passavam nas recordações. A saudade da família o invadiu. Da mamãe, do papai e dos irmãos. E até dos vizinhos. Não conseguiu impedir algumas lágrimas. Para sentir melhor as emoções que vivia naqueles momentos, fechou os olhos. Desejava ver de verdade a sua história naquela cidade, e sentir nos pés descalços o calor da terra do campinho onde jogou tantas peladas. Deu saudade de dançar nos bailes chamados "do algodão" e "do café", brincar os carnavais no clube da cidade e namorar nos bancos do jardim ouvindo a banda da cidade.

A saudade e os pensamentos eram tão intensos que ao abrir os olhos e, sem entender, como num toque mágico, viu-se na cidade a caminhar pela rua Dr. José Lisboa Júnior, sua via principal.

Viu o pai do Teco, do Gastão, do Renato, do Rodolfo, viu a quitanda, o Bar do Caetano, a Farmácia São José do Anésio Neto, ouviu o sino da igreja, viu o ponto de táxi, viu a vida que ficou lá atrás!

Cumprimentava as pessoas e ninguém lhe respondia.

Claudionor via todo mundo e ninguém o via.

No tempo em que sonhava, um homem muito amado atravessava a rua com uma bengala de pão na mão direita. Balbuciou: papai!

Despertou assustado com a buzina do carro disparada. Sem perceber, seus braços a tocara, acordando-o daquele momento especial.

Nos seus mais de cinquenta anos de idade nunca tivera um sonho tão claro como o que acabara de viver.

Acelerou o carro e seguiu para a sua casa.

Lembrou-se que aquele era o Dia dos Pais. Talvez suas lembranças não eram apenas coincidência.

Já em casa, após o banho e a refeição, foi para seu quarto sentou-se na cama, cotovelos nos joelhos rosto apoiado nas palmas das mãos a lembrar-se dos momentos que passara com o carro no acostamento perto da entrada para Piratininga. Parecia-lhe que tudo acontecera mesmo, que vira aquelas pessoas, a cidade e, o mais importante, seu pai levando na mão uma bengala de pão.

Sentiu um nó na garganta, uma ânsia de chorar. Foi interrompido com batidas na porta.

Era seu filho perguntando-lhe se podia entrar...

- Entra filho. Algum problema?

- Não, pai. É que o senhor não foi assistir ao noticiário na TV como de costume e fiquei preocupado. Agora mais ainda vendo o senhor com essa cara de chorão...

- Tudo bem. É que quando voltava para casa, passei por uns instantes estranhos que me deixaram, sei lá, assustado ou deslumbrado.

- O que foi pai? Se puder, conta para mim.

Olhando o filho e, para tranquilizá-lo, Claudionor contou-lhe com todos os detalhes as emoções vividas na fantasia da sua imaginação.

- Sabe filho, foi tão vibrante que aqui estou a meditar se foi sonho ou realidade. Principalmente quando vi meu pai, seu avô, atravessando a rua. Pareceu-me que toda a minha vida passou pela memória quando o tive ao meu lado, desde a infância à fase adulta, quando saí de casa para encontrar os meus caminhos e estabilizar a minha vida. Papai era pobre e não podia sustentar meus estudos. O que, graças a Deus, não acontece com você. Parti para luta sem qualquer diploma como arma. Mas levava comigo as ideias e a bússola que seu avô me havia passado.

- Puxa, pai, o vô deve ter sido muito importante na sua vida! O jeito que fala dá até para sentir o carinho e a saudade que o senhor sente dele.

- Você nem imagina o tamanho da saudade e do jeito que falava comigo... Como sabia das coisas da vida! Meu pai era muito inteligente. Eu até brincava com ele, chamando-o, às vezes, de profeta, tamanha a sua visão da vida que aprendeu com as próprias experiências e na sua paixão por livros. Papai lia muito sobre a vida e a morte. Lia o pensamento humano por meio dos grandes filósofos. Como não podia comprar muitos livros, tomava-os emprestados dos amigos, principalmente advogados, professores e pessoas formadas nas mais diversas e elevadas categorias culturais.

- Ele conversava muito com o senhor?

- Tanto ou mais do que converso com você. Quando falava da vida e seus obstáculos, da luta pelo progresso profissional, da importância da família na sociedade, dos tombos que a gente leva na vida, na coragem de levantar depois de cada queda e continuar a caminhada sem olhar para trás...

O filho estava boquiaberto diante de tantas razões para enfrentar tudo que poderia acontecer ao longo da sua existência. Sequer imaginava que seu avô, por meio das palavras, pudesse ter influenciado tanto na vida do seu pai.

- Olha pai, tô comovido com as coisas que o senhor está me falando. Do seu encantamento pelas lembranças que acabou de me contar. O vô devia ser uma pessoa muito legal. O senhor e ele deviam se entender muito bem, não?

- Tanto como pai e filho, como amigos. Conversávamos muito. Trocávamos ideias e desabafamos um com o outro. Nossos problemas e dúvidas sempre discutidos. Claro, eu sempre ouvindo mais do que falando.

- Ele dava muitos palpites na sua vida? Tá, me entendendo, né? Xeretava sobre o que o senhor fazia fora de casa? Perguntava muito sobre seus amigos, onde frequentava, o que fazia... essas coisas que pai, geralmente, faz?

- Não, filho. Papai era muito discreto e sabia atribuir responsabilidades. Respeitava-me tanto quanto eu o respeitava. É claro que, às vezes, falava comigo, dependendo do assunto, com mais severidade sem, no entanto, me magoar. Sabia que procedia assim para o meu bem e a sua paz espiritual. Insistia para que eu adquirisse o hábito da leitura. Desenhava imagens a respeito. Dizia que o futuro e a vida das pessoas estão na cultura, dentro dos livros que autores inspirados escreveram. Que eu devia ler muito para descobrir o começo, meio e o desfecho da existência. Que não era apenas nascer, viver e morrer. Afirmava que para o espírito não existem fronteiras. Ao ler e ouvir mestres, eu descobriria meus caminhos espirituais. Passo para você esse princípio do seu avô. Procure nos bons livros os ensinamentos que os sábios lhe proporcionarão. Eles são fontes do conhecimento filosófico da existência. Busque se inteirar do lado espiritual sem se desligar do material que é, vamos dizer, a locomotiva a conduzir o espírito para a grande e única verdade da vida na Terra.

- Complicou pai! Confesso que não entendi bem essa explicação. Matéria e espírito me confundem...

- Meu filho, a matéria é o liame (ligadura) que prende o espírito, é o instrumento que ele usa, e sobre o qual, ao mesmo tempo, exerce a sua ação (*O Livro dos Espíritos/Questão 22. A*). O que significa que ela é influente na atuação do espírito. E o espírito é o princípio inteligente do universo. (*O Livro dos Espíritos/Questão 23*). Fazendo uma ilustração bem simples e dentro dos meus limitados conhecimentos, o espírito não pode nem deve se enfraquecer diante das tentações e provocações da matéria, sujeitando-se a interesses pessoais que possam ferir os preciosos valores espirituais. Como já o citei, temos na nossa estante *O Livro dos Espíritos* de Allan Kardec. Recomendo-lhe a sua leitura e também *O Evangelho Segundo o Espiritismo*, que está junto aos outros livros. Todos os caminhos o ligarão a Deus, desde que seus procedimentos sejam praticados dentro dos ensinamentos divinos. As portas estão aí escancaradas para as suas caminhadas. São tantas que geram dúvidas nas escolhas. As portas das tentações são sedutoras propondo ilusões a oferecer manjares de sabores enganadores. O gosto do egoísmo, da inveja, do ciúme, da ira e da luxúria é ardiloso. Ameaça a escolha. Somente com o poder da fé, da determinação e da auto estima, a resistência e o decoro superam as provocações das inúmeras portas ao longo das avenidas em que a vida nos conduz.

Essa explicação do papai me fez sentir cativo de preconceitos que invadiram meu raciocínio. Sem temor, até retruquei:

- Poxa, pai, então, se estou certo, na vida existem mais proibições do que liberdade!

Estranhando a minha maneira de falar e o meu ponto de vista, após alguns segundos de silêncio, ele respondeu calmamente, dando-me mais uma importante lição de vida.

- O homem que confunde a liberdade com o direito

de agir como convém ou interessa, está se distanciando do seu crescimento espiritual. Neste mundo, filho, nada é proibido. Porém, existe a Palavra de Deus e a lei dos homens. Ambas devem ser respeitadas por todos. Enquanto os homens das leis punem os homens que contrariam os seus princípios, Deus não pune, concedeu-lhes o livre-arbítrio. Este é um poder extraordinário para o homem fazer as suas escolhas livres de qualquer interferência suprema. Mas é preciso cuidado, pois são as alternativas que contribuem para a evolução espiritual ou para sua decadência às trevas do desespero.

Para isso, é preciso ter consciência do que se faz, discernir o certo do errado. O bem do mal. Refletir as consequências de cada decisão, sobre o efeito de cada causa sobre a família, a sociedade e o seu trabalho. Já ouvi, mais de uma vez, o aforismo que cada caminhada começa com o primeiro passo. Meu querido, atente sempre para o seu primeiro passo.

Por uma fração de segundos, me calei. Me ajeitei na cama e, sem perceber, cruzei as pernas. Ali, me desliguei do mundo. Parecia que conversava com Deus, que nada, absolutamente nada nos rodeava. Que nem estávamos no quarto. Vivíamos, naqueles momentos, num mundo invisível. Muitos sóis estavam ali, nos iluminando e aquecendo nossa alma. Uma serenidade levemente umedecida por fluidos aromatizava o ambiente. Meu filho se arrepiou e eu votei minha atenção a ele. Nos olhamos nos olhos com a ternura que une pai e filho, o amor verdadeiro que essa relação exala.

- Acho que você entendeu tudo o que lhe disse. É como o meu pai – falei em tom de gozação - É inteligente e observador.

Nos abraçamos carinhosamente, agradecendo a Deus pelo afeto que nos deixa cada vez mais próximos.

A CAMINHADA

Manhã de domingo. O sol ameno e a brisa leve convidavam para uma caminhada. O exercício ideal para desenferrujar as juntas, renovar o ar nos pulmões e alegrar os olhos com a beleza da natureza e com as pessoas a zanzar com suas crianças e cães. Conforto para a saúde física e mental. Alma a flutuar. Espírito a crescer pelos caminhos dos pensamentos e orações.

–Oi filho. O pai vai caminhar. Topa?

–Até que é uma boa, pai. Vou calçar o tênis.

Pai e filho, cheios de vida na Avenida Getulio Vargas. O trânsito de veículos fica proibido num trecho como sempre aos domingos pela manhã. Conversando e rindo com a vida. Dezenas de pessoas, sozinhas e casais de mãos dadas a namorar o domingo feliz. Na ciclovia bicicletas colorindo o cenário criado por Deus.

–Saudável, né pai?

–E como! A gente sente um tipo diferente de liberdade. O mundo dividido em fatias para cada um deleitar-se a seu bel prazer. O sol caminhando com a gente. O verde nos assistindo desfilar.

–Posso lhe fazer pergunta indiscreta?

–Se não for muito abelhuda, fique à vontade, respondeu o pai sorrindo.

–Depois de 40 anos de casado o senhor ama a mamãe como no começo?

–Não, filho. Amo a sua mãe mais do que no começo. O amor não tem fim quando se apoia na confiança e na dedicação, quando os espíritos estão voltados para a mesma direção. Quando o casal constrói o lar com os calos, os prazeres e contratempos que surgem são acolhidos com suor, resignação e inteligência, e o amor cresce mais e mais. Não são todos os dias em que a gente pode colher flores. Às vezes, o jardim está vazio como se o inverno o cobrisse em plena primavera. Não nego. Já dormimos zangados. De costas viradas, por razões tolas ou influenciados pela ideia que "sou o mais forte". Mas um dos dois dava uma encostadinha no pé do outro e amanhecíamos com a maior arma para a paz: o diálogo. Uma conversa inteligente e, principalmente, a tolerância com as imperfeições de cada um fazem com que o café da manhã seja sempre mais gostoso. Se um não compreender e tolerar os defeitos do outro, e todos os temos, e discretamente ajudar a eliminá-los ou a eles se adequar, a convivência não será fácil.

– Fico contente em saber disso. Aprendendo para quando me casar. Posso fazer outra pergunta?

– Manda lá.

– Esta é mais brava. Só a faço porque me autorizou: o senhor traiu a mamãe nesses 40 anos de casados?

– Quando, repito, existem a confiança e a dedicação não sobra espaço para as fraquezas humanas. Viver no mundo de ontem e de hoje sempre foi e é enfrentar desafios. As tentações estão provocando o homem na sua vida profissional, social e familiar. O egoísmo, o adultério e o desregramento estão invadindo cada dia mais os campos em que jogamos pela nossa sobrevivência. Não meu filho, nunca trai a sua mãe.

– Tinha a certeza disso, pai. Perguntei para aprender o procedimento quando me casar.

– Mais uma pergunta, pai?

– Por que não? Que venha.

– Pai... O que Deus é para o senhor?

– Deus é a inteligência suprema, causa primária de todas as coisas. Aquilo que não tem começo nem fim: o desconhecido. Tudo o que é desconhecido é o infinito. A prova da sua existência? Numa máxima que aplicais às vossas ciências: não há efeito sem causa. Procurai a causa de tudo o que não é obra do homem, e a razão vos responderá. Essas, filho, são as questões 1, 2 e 4 do Capítulo I do *O Livro dos Espíritos*, de Allan Kardec. Deus, para mim, é a fonte inspiradora para o meu comportamento na Terra, do meu amor ao próximo não apenas da boca para fora, mas na definição dos atos. O meu corpo é a vestimenta que Deus concedeu ao Espírito e procuro sempre mantê-lo saudável. O Espírito é eterno. E somente encontrará a resposta à sua eternidade ao crescer nas vidas que lhe são concedidas nas moradas que fizer por merecer durante suas passagens.

–Eu vi esse livro lá em casa. Vou dar uma olhada.

–Livros, filho, principalmente esse, não são para dar uma olhada. Devem ser lidos, pensados, compreendidos, e nas dúvidas, pesquisar ou perguntar para quem sabe mais.

Para disfarçar seu fiasco sobre a leitura de livros, o filho mudou de assunto.

–Gostou da vitória do nosso time no jogo de ontem, pai? Acho que precisa melhorar um pouco na defesa.

–Também acho. Mesmo apertada, a vitória foi merecida. Vamos ver se o técnico mexe no time para o próximo jogo. Principalmente na defesa.

Conversaram bastante sobre o futebol abrindo novamente o ambiente para outros assuntos. O interesse e a curiosidade do filho.

–Posso pai, fazer-lhe mais perguntas intrometidas?

–Quantas e sobre o assunto que você quiser. Se papai souber responder...

–Sei que o vovô era pobre e muito doente, o senhor precisou trabalhar desde menino para ajudá-lo, e nunca pôde estudar por falta de tempo e dinheiro. Hoje o senhor é diretor de uma grande empresa, moramos numa bela casa, que é nossa, temos carros, eu estou numa universidade, e vivemos com alguns luxos modestos. Como é que conseguiu tudo isso sem nenhum diploma?

–Talentos que Deus me legou. Leia no Evangelho, em São Mateus, capítulo XXV, versículos 14 a 30, a parábola dos talentos. Com esse aprendizado, você poderá refletir também sobre os dons e o que deve fazer com eles. Tudo que consegui foi com muita luta, muito suor, dignidade e, principalmente, muita fé. Como as palavras de Jesus em *O Evangelho Segundo o Espiritismo*: "reconhece-se a qualidade da árvore pelo fruto; uma boa árvore não pode produzir maus frutos, e uma árvore má não pode produzir bons frutos. Julgam-se os Espíritos pela qualidade de suas obras, como uma árvore pela qualidade dos seus frutos.

Por isso é importante que todas as nossas decisões sejam tomadas com humildade, honestidade, dedicação, e reconhecimento dos nossos limites. A ambição em progredir não pode vir acompanhada do egoísmo. É importante dividir com o próximo tudo que aprendemos.

–A luta foi dura, hein?

–Sim, valeu inclusive por sua mãe. Companheira das minhas horas mais difíceis. O talento mais precioso que Deus me reservou para suportar e dividir as nossas dificuldades financeiras, os temores com o seu nascimento e o futuro que poderíamos lhe oferecer. Sua mãe me foi e continua sendo o canal em que recebo o sopro de Deus.

–O senhor nem imagina a paz e a felicidade com que estou ouvindo tudo o que me conta. E como esse papo me aproxima mais do senhor. É como se eu abrisse uma janela para o sol entrar mais livre e com mais calor, aquecendo a alma, o coração e a minha cabeça.

–Estou feliz também. Se pais e filhos conversassem mais, se mantivessem vivos os bate-papos, eles conheceriam melhor suas qualidades e defeitos, evitando interpretações negativas e julgamentos precipitados. Mas o orgulho e o machismo os impedem dessa humildade dignificante e sábia. O pai, para manter uma autoridade, e os filhos, sentindo-se bloqueados pela indiferença do pai que só participa para cobrar e repreender pouco se falam, perdendo a chance de ficarem mais próximos.

–Quando eu tiver filhos vou ser um pai assim como o senhor. Aberto, bom de papo, porém, sempre respeitado.

Mais uma e seria a hora do almoço. Tempo de voltar para a casa. Banho e ajudar a patroa a fazer a salada e por a mesa.

–Tá bom pai. Enquanto o senhor volta vou dar uma corridinha até o supermercado e ainda acelerado, voltar pro almoço. Prometo que não vou atrasar.

Separaram-se. O pai pensando nas perguntas do filho. O filho pensando nas respostas do pai.

Ambos sorriram.

Quase meio-dia. O sol já começava a ameaçar o bronzeamento dos caminhantes. Muitos já haviam se retirado.

Na porta da casa o pai agradeceu a Deus pelo filho ser como era, pela esposa e pela casa. Entrou, beijou de leve a esposa e foi cantarolando para o banho...

O filho chegou da corrida. Parou em frente da casa. Agradeceu a Deus pelo pai, pela mãe e a casa que lhes deu. Minutos depois, o filho entrou, beijou de leve a mãe e foi cantarolando para seu quarto...

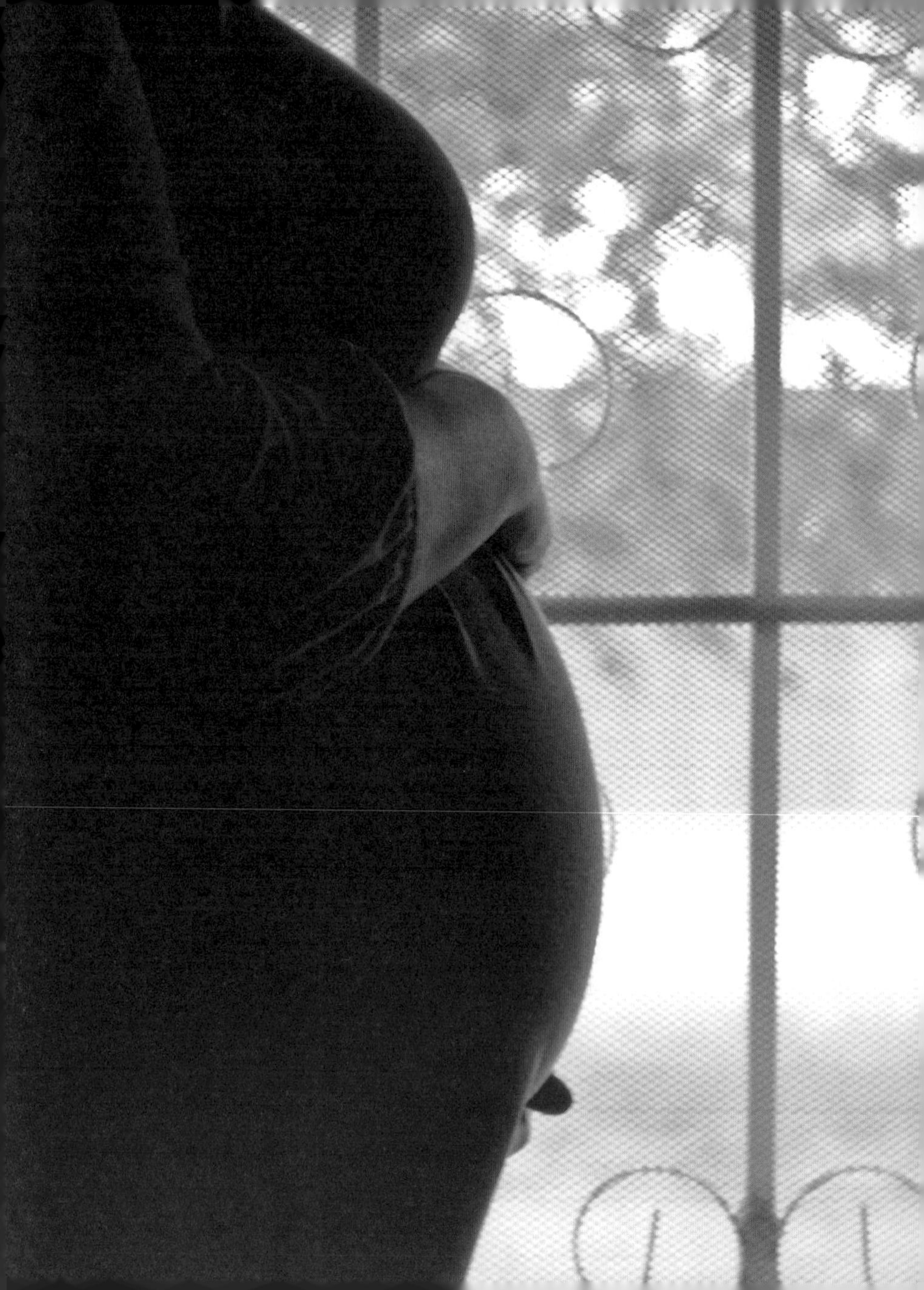

A FILHA E O ABORTO

Marina, menina bonita, olhos azuis, cabelos pretos e longos, 17 anos de idade. Namorava há três anos Gabriel, um jovem de apenas 20 anos, mas muita responsabilidade.

Os pais de Marina eram pessoas humildes, trabalhadoras, honestas e muito religiosas. Eles aceitavam o namoro com naturalidade. Viam em Gabriel um moço responsável. Ele estudava à noite e já tinha um emprego promissor. Bancário, ajudava nas despesas da sua casa. Um bom partido para a filha que também lhes merecia plena confiança. Marina estudava na mesma escola e no mesmo horário do namorado.

O pai de Gabriel tinha falecido de uma doença incurável quando o filho tinha 12 anos. Sua mãe trabalhava em casa fazendo guloseimas de milho verde e salgadinhos para um bom número de clientes. Marina a ajudava sempre que podia. Queria aprender para agradar Gabriel depois de casados. Ela ficava feliz podendo ser, também, uma boa cozinheira.

Os namorados e suas famílias felizes tocavam suas vidas com serenidade, vivendo em paz no trabalho, nos estudos e na sociedade em que viviam.

A vida proporciona às pessoas surpresas agradáveis e amargas. É provocante. Tanto para o certo como para o errado, tanto para o bem como para o mal. As tentações cínicas perturbam e confundem cabeças. Desequilibram. Às vezes, um minuto de fraqueza é o bastante para que um temporal de tristeza abale as mais sólidas estruturas.

Dificilmente, neste mundo de hoje, as pessoas conseguem se proteger dessas provações, mostrando-se frágeis.

A calúnia, o egoísmo, o orgulho, a inveja e tantas afrontas maléficas conduzem à irreflexões e comportamentos contrários à própria natureza de quem os comete. Marina e Gabriel também estavam sujeitos a todas essas fraquezas.

Em um domingo, Marina foi com seus pais ao Centro Espírita Amor e Caridade para ouvir e aprender com a palestra da semana. Na volta, já em casa, enquanto sua mãe cuidava do almoço, Marina interrompeu seu pai que lia o jornal.

- Preciso falar com o senhor, papai.

- O que é filha?

A fronte curvada escondia o azul dos seus olhos.

Temor de encarar o pai. Pálida, insegura, cruzava suas mãos trêmulas como se estivesse em prece. Os lábios estremecidos dificultavam a fala. Respirou fundo como a buscar absolvição pelo fato que contaria ao pai.

- Pai, estou grávida. Revelou entre soluços e nervosismos angustiantes.

Seu pai ficou calado. Largou o jornal no sofá. Com o que acabara de ouvir, parecia-lhe que seu mundo se desmoronava. Sentiu ímpetos para gritar revoltado, esbofetear a filha, berrar-lhe as suas verdades. Controlou-se para não assustar a esposa. Ajuizou o seu lado cristão. Caminhou lentamente até a janela, olhou o céu e respirou denso para abrandar a alma agitada. Voltou ao sofá e pediu para a filha sentar-se ao seu lado.

Ele era um pai extremoso, um espírito superior determinado a enfrentar e superar tropeços inesperados. A notícia que a filha acabara de lhe dar levou-o a uma queda imaginária num abismo sem fim. Aquele frio na barriga. O coração acelerou. Na fé, o seu espírito levou-o ao plano elevado da consciência de que nada acontece por acaso. Discretamente, com as costas da mão direita, secou as faces úmidas por lágrimas e suor.

Marina levantou a cabeça, viu o gesto do pai, e novamente caiu em prantos.

Calmo e com voz serena, ele disse:

- Minha filha, a primeira coisa que lhe digo é que

não vou brigar com você. O problema maior é seu e do Gabriel. Porém, não lhes negaremos afeto. Também nos incluímos nessa dificuldade. Sabemos dos caminhos fáceis com que a fraqueza nos envolve e ri da gente. Confesso filha, que jamais pensei que ouviria de você o que acabou de me contar. Somente depois de casada. Foi o maior choque que levei em minha vida. Agora, fique aqui. Vou à cozinha contar para sua mãe. Sequer imagino qual será a sua reação.

Marina pôs-se a orar, agradecendo a Deus pela reação do pai e por sua grandeza espiritual. A sua compreensão e palavras acalmaram-na. Seu temor passou para a resposta da mãe. Como reagiria e qual seria a sua atitude ao saber que a filha solteira estava grávida?

Passados alguns minutos, seus pais entraram na sala. Os olhos da mãe não projetavam seu brilho natural. Ela mostrava uma expressão lívida, assustada. Não conseguiu falar na primeira tentativa. Como para despertá-la de um pesadelo, o marido tocou-lhe o ombro.

- Filha, como seu pai me aconselhou e aprendemos nos livros e palestras, não devemos julgar ninguém. Não vou ajuizar você. De nada adiantaria. O que foi feito não tem volta. Embora surpreendida, não deixarei de amar você e ajudá-la na situação criada. Não nego a minha tristeza porque nunca me passou pela cabeça que isso pudesse acontecer. O que me conforta é que apesar de ter contrariado os nossos princípios morais e como seu pai me lembrou, nada acontece por acaso.

Marina ouviu calada a soluçar. Caminhou e descansou a fronte no ombro da mãe. Ambas combinaram suas lágrimas. O pai, diante daquele quadro, se pôs a orar.

Gabriel e sua mãe, que já sabia da gravidez da namorada do filho, foram à casa de Marina para que as famílias conversassem sobre a gravidez. A mãe de Gabriel foi decidida a resolver o caso. Querendo encerrar o assunto, foi logo dizendo que o casal era muito jovem, ainda em idade escolar. Gabriel estava no início de sua carreira no banco e não tinha condições de ter filhos. Para ela, a única e melhor solução seria que Marina fizesse o aborto. Gabriel, que ignorava essa opinião da mãe, assustou-se.

Os pais de Marina e ela própria empalideceram com a sugestão do aborto.

Imediatamente todos se opuseram à proposta. Gabriel, apoiado por Marina e seus pais, recusou, afirmando que não exporia sua namorada aos riscos de um aborto e, principalmente, por vontade de Deus, que a vida deve ser preservada desde a sua concepção.

Sua mãe, em tom quase agressivo, tentou convencê-lo da responsabilidade e dos problemas que uma criança traria com o seu nascimento. Principalmente com pais que ainda não passavam de crianças também. Inexperientes e até irresponsáveis por criarem tal situação.

A mulher estava tão desesperada que ameaçou o filho, dizendo que não o queria mais em sua casa se Marina não abortasse. O fardo pertencia somente aos dois. Para ela, o casal havia feito uma besteira que só quem não tem cabeça faz.

– Onde já se viu uma coisa dessas? Além de tudo não eduquei meu filho para ter uma vida assim.

O pai de Marina a tudo ouvia absolutamente calado. Interrompeu o monólogo da mãe de Gabriel. Pediu-lhe que o acompanhasse ao pequeno quintal, pois queria falar-lhe a sós. Todos se entreolharam surpresos. Como se influenciada pelo tom calmo da voz do solicitante ou por curiosidade, a mulher aceitou ao convite. Foram para o quintal.

- Quis falar em particular com a senhora porque quero lhe contar uma passagem da minha vida. Não vou demorar muito.

Quando eu namorava a mãe de Marina, ela completava seus estudos à noite fazendo um curso específico da língua portuguesa. Pensava em ser escritora. A escola ficava distante de sua casa somente dez quarteirões. Todas as noites eu ia buscá-la às 22 horas e caminhávamos até sua casa. Numa noite eu não pude ir. Meu pai escorregou, caiu e quebrou o braço. Precisei levá-lo ao pronto socorro. Ao voltar com o papai e seu braço engessado, recebi o recado que minha namorada ainda não tinha chegado à sua casa. Preocupado, fui à escola, mas quando cheguei, vi que o prédio já estava fechado. Fiz o percurso de volta. Numa esquina de uma travessa escura, ouvi um gemido. Fui ver o que era. Para o meu pavor, vi a minha amada estendida no chão, quase nua, desmaiada e ensanguentada. No hospital, após os primeiros cuidados, fui informado que ela tinha sido estuprada.

Após os dias de recuperação física, ela disse que dois alunos da mesma escola se ofereceram para levá-la à sua casa. E que, no meio do caminho, a agarraram e a levaram para a travessa escura para cometerem o crime.

Passado um tempo, constatamos que ela estava grávida, consequência do estupro. Seus pais sugeriram que ela abortasse, já que as leis a autorizavam passar pelo procedimento desde que ela assim quisesse.

Minha namorada me perguntou o que deveria fazer.

Eu respondi com outra pergunta: a criança que está no seu ventre tem alguma culpa? E afirmei que fosse qual fosse a sua decisão, eu jamais a abandonaria porque meu amor por ela superava todas as situações, preconceitos ou julgamentos da sociedade.

Foi assim que Marina nasceu. Nós já estávamos casados e a tenho como minha filha legítima.

- Eu nem sei o que dizer – comentou a mãe de

Gabriel – Os estupradores foram presos? Marina sabe disso tudo?

- O dois alunos foram presos, julgados e condenados há 18 anos de cadeia cada um. Algum tempo depois soubemos que foram assassinados por outros presos da penitenciária. Que assim procediam com todos os prisioneiros por violentarem mulheres. Lamentamos a brutalidade e oramos por eles.

Se Marina sabe? Quando ela completou 13 anos de idade, minha mulher e eu resolvemos que ela deveria saber de toda a verdade. Antes, porém, conversamos com um terapeuta amigo que nos confirmou que seria melhor ela saber por nós do que por outras pessoas amigas da família. E nos orientou como deveríamos proceder. Pensamos muito e concluímos que a mentira e segredos que possam comprometer vidas futuras nunca devem ser ocultados. Tornam-se feridas que jamais se cicatrizam.

- Meu Deus! Qual foi a reação dela?

- Ela estava fazendo seus deveres escolares. Sentamo-nos à mesa e fomos narrando os fatos de uma maneira amena, bem calma, com a participação da sua mãe com voz suave. Não lhe pedimos que procurasse compreender os acontecimentos. Que estávamos lhe contando um desastre acontecido há 14 anos, e que Deus, na sua infinita generosidade, nos deu uma filha bonita, de olhos azuis, inteligente e carinhosa. Que esse capítulo do nosso passado já não mais existia em nossa vida. Que naquele momento estávamos reabrindo somente para contar-lhe a história, e que voltaria para a condição do esquecimento.

Ela ficou nos olhando, assustada, por alguns segundos que nos pareciam uma eternidade. Seus olhos retinham lágrimas. Apanhou o caderno em que fazia suas tarefas. Abriu-o e começou a passar a borracha em páginas que nada estava escrito. Esfregava sem parar as folhas brancas. Perguntamos-lhe porque estava agindo daquela forma. Ela respondeu que se nós apagamos das nossas memórias, estava destruindo uma história que nunca foi sua.

Mais calma, agradeceu a coragem e a confiança de termos contado esse pedaço de nossa vida. E completou, dizendo que nos amava e que "seus olhos eram azuis como os meus, "iguais os olhos do papai".

- E são azuis mesmo, - comentou comovida a mãe de Gabriel, completando.

– Marina é admirável, mas o que está acontecendo agora com ela e o Gabriel...

- Desculpe-me interrompê-la mais uma vez. Preciso lhe dizer o que li no *O Livro dos Espíritos:* o aborto representa assassinar um ser humano porque é uma existência nula e a recomeçar. Há sempre um crime quando se transgride a lei de Deus. A mãe ou qualquer pessoa cometerá sempre um crime ao tirar a vida da criança antes do seu nascimento, porque isso é impedir a alma de passar pelas provas de que o corpo deve ser o instrumento (Questões 357-358). E na questão 880 de *O Livro dos Espíritos*, diz que "o primeiro de todos os direitos naturais do homem é o de viver. É por isso que ninguém tem o direito de atentar contra a vida do semelhante ou fazer qualquer coisa que possa comprometer a sua existência corpórea".

Era isso que eu queria que a senhora soubesse. A nossa filha Marina é a nossa filha Marina, a menina que vai nos dar um neto ou netinha, um espírito que virá para continuar o seu ciclo na Terra.

Um espírito que, independentemente das circunstâncias e preconceitos sociais, encontrou por meio dos nossos filhos os caminhos para reencarnar e buscar seu crescimento na espiritualidade. Nós somos pequeninos para julgar.

Vou voltar para a sala. Fique sozinha pelo tempo que quiser. Reflita sobre o aborto que sugeriu e suas maléficas consequências. Todos os espíritos que renascem são obras acarinhadas com os toques dos dedos de Deus. Estaremos esperando-a na sala.

- Não preciso ficar nem meditar mais. Volto com

o senhor.

Ao chegarem à sala, os olhares se voltaram para ambos.

- Precisamos começar a pensar no enxoval do bebê, disse a mãe de Gabriel...

Marina e Gabriel correram para abraçá-la.

Nos olhos dos pais de Marina, lágrimas de alegria e gratidão.

A alegria era tamanha que ninguém notou a luminosidade e fluidos que invadiram o recinto, certamente provocados pelos mentores da criança a renascer...

A DECISÃO

Cristina e Roberto. 46 e 49 anos de idade. Casados há 25 anos. Um filho com 21 anos.

Sem que houvesse planejamento, Cristina ficou grávida. Esperando o segundo sucessor ou sucessora. Surpreendidos. Compreenderam que tinha que ser assim. Aborto? Jamais! Nem pensar. Não cometeriam esse crime. Já amavam o bebê que estava à caminho, no ventre da mãe.

Um casal feliz. Ele, gerente de um grande banco. Ela, ex-funcionária do mesmo banco. Trabalhavam juntos e se apaixonaram. Casaram-se e ela demitiu-se para dedicar-se ao lar e à família.

O marido começara a trabalhar como contínuo. Esforçado, dedicado e honesto, foi subindo devagar até chegar à gerência do banco.

Na cidade de vinte mil habitantes mais ou menos, tinha outro estabelecimento bancário. Mas o forte do movimento era no banco do Beto, como era mais conhecido. A sua maneira de atender aos clientes e atenção ao povo cativaram os cidadãos.

O relacionamento entre os dois bancos era o melhor possível. Os seus gerentes faziam churrascos em suas casas ligados por grande amizade.

Casal muito querido na cidade, a esposa, Cris, atuante na sociedade junto com o marido, participava na maioria dos eventos sociais, principalmente quando se tratava de ação de caridade. Os dois trabalhavam como voluntários no Centro Espírita local, doutrina que praticavam, e contribuíam com o maior esforço nos movimentos de todas as igrejas da cidade.

Durante a noite, Cris passou mal, a pressão subiu e precisou ser controlada com medicamentos.

Logo de manhã, seu marido telefonou ao médico explicando-lhe o que tinha acontecido. Foi recomendado levar a esposa imediatamente para o hospital. O médico e amigo que acompanhava a gestação da Cristina, que já passava dos sete meses, a atendeu imediatamente.

Após os exames conversou com Roberto informando-o que o quadro de Cristina era preocupante. Estava com a pré-eclâmpsia, um distúrbio que afeta cerca 5% das mulheres grávidas. O mais comum é que apareça depois da 37ª semana, mas na realidade pode acontecer em qualquer época da segunda metade da gravidez, incluindo durante o parto ou depois, geralmente nas primeiras 48 horas.

Respondendo à pergunta de Roberto, o médico explicou que os riscos existem. Podem ser leves ou graves. Quando se torna grave, pode afetar vários sistemas do corpo. Como ela reduz o fluxo do sangue para a placenta é perigosa para o bebê, restringindo o crescimento dele. Além disso, se a pré-eclâmpsia evoluir para a eclampsia, a pressão arterial sobe demais, colocando mãe e bebê em grande risco.

Recomendou deixar a esposa internada em observação e com rigoroso acompanhamento da pressão arterial.

Abatido, Roberto voltou para a casa. Homem de muita fé orou para que os seus e os mentores de Cristina a assistissem e a protegessem.

Atendendo ao pedido do genro, a mãe de Cristina veio da cidade onde residia para acompanhar a filha no hospital. O filho Joel ficava em casa continuando seus estudos e em companhia da Dona Rosana, que fora sua babá e o acompanhava desde o seu nascimento.

Em qualquer intervalo que surgia, horário de almoço ou casual e à noite, Roberto sempre estava no hospital ao lado da esposa e da sua sogra.

O estado geral de Cristina permanecia inalterável. A hipertensão induzida pela gravidez causava temores aos familiares e ao médico.

O seu estado geral não dava sinais de melhoras. A eclampsia começara a lhe causar convulsões que poderiam levá-la ao coma e até ser fatal.

Roberto e a sogra oravam e choravam pelos corredores do hospital.

Cristina parecia desligada do mundo. Fragilizada, suportava a situação sem saber, na verdade, o que acontecia, e sem reclamar.

Após examiná-la novamente, o médico chamou Roberto para conversarem.

- Roberto, disse-lhe o doutor, além do médico, falo com você como amigo. Mas neste momento o profissional que existe em mim me leva a dar-lhe uma notícia desagradável. Estamos vivendo numa encruzilhada. E só você, mais ninguém, pode indicar o que deve ser feito. Vamos fazer o parto em Cristina, uma vez que o tempo para a ciência já se esgotou. Os riscos são enormes para a sua mulher também pela sua idade, e para a criança. Possivelmente uma delas, infelizmente, poderá não sobreviver. O quadro clínico revela perigo assustador. A pergunta que me dói, meu amigo: se ocorrer uma fatalidade que está dentro das previsões da ciência, quem você quer que viva. Cristina ou a criança?

As pernas de Roberto vacilaram. O médico precisou segurá-lo para que não caísse, e o medicou para evitar que o choque o fizesse desmaiar. As mãos de Roberto suavam, seus olhos fixavam o nada como se procurasse a resposta no seu mundo vazio naquele momento. Respirou fundo. Afastou-se sem dizer nada. Na cabeça, a sua voz interior: preciso falar com Deus... Eu preciso falar com Deus...

Saiu do hospital. Foi para a sua área externa. Um jardim. Muitas flores coloridas a perfumar e embelezar aquele espaço que lhe parecia um pedaço do céu. E Roberto começou a falar com Deus...

- Meu Deus, por que passas para mim uma decisão que é Tua? É o Senhor que tem o poder sobre a vida e a morte! Por que sou eu que tenho que decidir em ficar com a criança ou a esposa na Terra? Por que não ambas? É provação? Sabes que esse direito pertence somente ao Senhor! Por que o transferes a mim, julgador incapaz de decidir pelo amor que tenho por minha mulher e a criança no seu ventre? O meu amor pelas duas está acima da vida e da morte! Senhor, eu...

De repente calou-se. Compreendeu o desacerto das suas palavras. Percebeu com que facilidade o homem transfere para Deus as suas dores, as suas culpas, as responsabilidades, os problemas assumidos em suas passagens pelas existências. Como é fácil para os filhos atribuírem ao Pai seus fracassos espirituais. E suas falhas conduzidas pelo egoísmo voltado somente para a vida material na Terra. Lembrou-se do livre-arbítrio, do seu dever, das opções no comportamento da vida espiritual na Terra. Entendeu que a ninguém cabe o direito de delongar para Deus as suas alternativas nas casas do Pai. O crescimento espiritual de cada pessoa está na prática das escolhas nas suas passagens na Terra a buscar a eternidade.

Clamou ao seu Espírito protetor em uma das suas missões; A de um pai para com os filhos: conduzir o seu protegido pelo bom caminho ajudá-lo com os seus conselhos, consolá-lo nas suas aflições, sustentar sua coragem nas provas da vida *(O Livro dos Espíritos - Questão 491)*.

Num dos canteiros do jardim uma rosa branca pendente no galho quase a cair. Roberto a tomou em suas mãos. A vida é bonita e perfumada como uma rosa. Pétala por pétala vai desaparecendo com o tempo até nada restar. Não demora muito e no seu galho outra brota, botão como criança, e vai se desabrochando para conservar o jardim da vida sempre belo e alegre. A roseira também envelhece com o tempo, e após oferecer muitas rosas, descansa e dá espaço para outra roseira existir e ser um vaso de rosas brancas...

Roberto, com os olhos embaçados pelas lágrimas voltou ao hospital.

Conversou com o médico, a sogra e seu amado filho Joel.

O filho e a vovó, perguntaram a Roberto.

- Qual o nome que vamos dar à menina?

Olhando nos olhos de ambos, Roberto respondeu com um leve sorriso:

- Cristina!

Compreendendo que a esposa tinha cumprido sua missão na Terra, e que o espírito da criança precisava reencarnar para sua nova missão neste mundo, Roberto, libertando-se do egoísmo, pai humilde, tomou a sua decisão.

Plantou asas para o espírito de Cristina alcançar seus caminhos.

Uma filha para amar.

Um vaso novo para novas rosas brancas...

O AMOR DE OUTRAS VIDAS

Rosa era professora municipal de ensino fundamental. Ademir era administrador de uma empresa de porte médio.

Estavam casados há nove anos e, apesar do desejo de ambos, não tinham filhos. Consultaram-se com diversos médicos especialistas, realizaram dezenas de exames, tratamentos e medicamentos. Tudo em vão.

Saudáveis, não existia nada que os impedissem de procriar. Apenas a brisa portadora das mensagens celestiais sempre a plantar interrogações e calando respostas.

Casal feliz tocando a vida a participar ativamente em eventos sociais e beneficentes. Rosa, com 28, e Ademir 33 anos de idade. A ausência de filhos os entristeciam, porém, sem causar desequilíbrios emocionais. Rosa via nos seus alunos os filhos que não tivera. Ademir tinha tanto trabalho na empresa, que, às vezes, levava para resolver em casa nos fins de semana.

Entre seus alunos a professora tinha a sua atenção voltada para a estudante Aparecida, chamada por Cidinha, seis anos de idade, que durante as aulas a olhava com força seguidamente, inclusive no horário do recreio.

Rosa sentia por Cidinha um carinho especial, um sentimento forte, como se herdado de outra vida.

A professora procurou saber da família da menina. Viviam num barraco na favela tal. A triste notícia que o pai era alcoólatra irrecuperável e a mãe trabalhava como diarista em algumas residências. E, às vezes, fazia "outros serviços". O casal, além de Cidinha, tinha mais dois filhos menores, com idades entre dois a quatro anos.

Condoída pela situação da menina e seus familiares, procurou a Assistente Social da Prefeitura da cidade a tentar ajuda. Teve a resposta que faziam o que podiam com a verba escassa e que evitavam dar tratamento diferenciado a qualquer família.

Cidinha era uma aluna aplicada, mas com dificuldades para aproveitar os ensinamentos transmitidos por deficiência alimentar, falta de concentração e até mesmo por estar quase isolada por outras alunas. Extremamente tímida, aparentava medo de aproximações com suas colegas da classe.

Naturalmente a professora Rosa lhe dispensava a mesma atenção que dedicava às demais alunas.

Ano letivo quase ao seu final. Para alegria dos alunos as férias estavam próximas. O Natal já era anunciado nos comercias da TV e nos jornais. Nas escolas os preparativos para o encerramento das aulas daquele ano.

- Posso falar com a senhora, professora? - perguntou timidamente a pequena Cidinha.

- É claro que sim, minha querida. O que você deseja? Ah, já sei! Quer falar do presente de Natal?

- A senhora adivinhou... Só que estou com vergonha, acho que é até medo de pedir o que vou pedir.

- Já sei! Você quer uma linda boneca!

- Não, professora não é uma boneca...

- Então um ursinho de pelúcia, ou uma casinha com mesinhas e cadeirinhas. Ou será um vestidinho ou tênis branquinho, ou...

Interrompendo a professora Rosa, Cidinha disse que não era nada daquilo que queria. Ansiava um sonho. Que não era sonho quando dormia. Era sonho que sonhava com os olhos abertos. Dentro da cabecinha, e que seu coração até tremia quando sonhava. E que de noite rezava pro Menino Jesus pedindo para ele fazer o seu sonho virar verdade. E quando pensava que pudesse virar verdade de verdade, tinha até medo.

- Meu Deus, que sonho será esse que a minha menina deseja e tem medo que se realize? Que sonho será que essa cabecinha sonha e faz o coraçãozinho tremer? Minha menina, você nem imagina como estou curiosa para saber que sonho é esse que a deixa ansiosa, lábios e mãozinhas a tremerem. Você pode contar para sua professora? Prometo que não vou contar para ninguém. Fica sendo o nosso segredinho.

O sol brilhou mais forte. A brisa suave parecia uma cortina musical à espera de um poema. O silêncio invadiu o pequeno espaço ocupado pela professora Rosa e pela menina Cidinha. No ar, uma nuvem invisível a perfumar o ambiente. Como se entidades espirituais acompanhassem e ali estivessem para abençoar e testemunhar os acontecimentos.

- Sabe o que é professora, eu queria que... - os olhinhos da menina se encheram de lágrimas. A sua voz ficou presa na garganta. E num voo de coragem, superando todos os imaginados temores, quase balbuciando, revelou o seu sonho: - Eu queria professora eu queria que a senhora fosse a minha mãe...

A luz do sol deslumbrou o ambiente, a brisa se descortinou e invadiu aquele pequenino mundo. O espaço se transformou no altar universal de Deus. As entidades espirituais, procurando disfarçar, umas da outras, sorriram ao enxugarem pequeninas lágrimas que lhes escorriam pelas faces.

A professora Rosa empalideceu. Parecia-lhe que o coração palpitava com um sino a badalar aleluias. Tremeu. No instante, era sua a voz presa pela emoção. E agora? Qual resposta para a menina Cidinha? Pensamentos se embaralharam. Respirou fundo. Precisa pensar rápido! Raciocínio ágil e inspiração divina. Abraçou carinhosamente a aluna. Sentaram-se num degrau da escada que levava ao refeitório da escola.

- Minha querida Cidinha, neste momento eu é que estou tremendo. Até parece que um martelo está batendo no meu coração. Que uma estrela iluminou a minha consciência. Amei o seu sonho. Mas não é tão simples assim. É preciso falar com seus pais, com o juizado de menores e mais uma porção de coisas que a lei exige. Antes de tudo preciso falar com o meu marido. Tudo vai depender da resposta dele. Continue sonhando querida que os anjos que guardam você logo nos darão a resposta.

À noite, em casa, timidamente, contou ao esposo o acontecido e como Cidinha vivia. Ademir, a sorrir, perguntou-lhe: - Há quanto tempo querida, estamos esperando um filho? Nove anos... Agora que Deus nos abre a porta de um barraco e nos manda uma menina já com seis aninhos, não acha que devemos abrir as portas dos nossos corações e recebê-la?

Rosa levantou-se e abraçou Ademir com o sorriso que há nove anos não sorria.

Manhã de sábado. A mãe de Cidinha atendeu Rosa e Ademir à porta do casebre. Rosa foi objetiva e determinada, dizendo-lhe que desejava adotar sua filha Aparecida.

- Pode levar! Foi a resposta fria da mãe que simplesmente virou e entrou no barraco depois de concordar que ela e o pai da Cidinha assinariam qualquer documento que fosse preciso. Entenderam, ela e Ademir, que para os pais da criança, seria uma boca a menos para alimentar e um corpo a cuidar.

O advogado da empresa que Ademir administrava se propôs a cuidar da papelada da adoção. Cuidou com tamanha agilidade que em pouco tempo, Rosa e Ademir já tinham Cidinha em casa como filha.

O sonho não era mais fantasia, e sim a realidade do casal e da menina.

Ademir tornou-se um pai carinhoso, preocupado com a filha, tanto como Rosa. Ambos apaixonaram-se pela menina que veio do casebre.

Já com idade de compreender a situação, Cidinha foi com Rosa e Ademir visitar seus pais no barraco. Nas duas visitas foram recebidos com total indiferença. Na segunda, souberam que o seu pai estava mal e internado num hospital pelo excesso de bebidas alcoólicas. A menina, com tristeza, nunca mais pediu para voltar a ver os pais.

Anos se passaram. Aparecida formou-se pediatra. Sonhava voltar-se ao tratamento de crianças pobres dos barracos, favelas, dos berçários e entidades destinadas para esses fins.

Cidinha ainda acreditava nos sonhos.

Orgulho da mamãe Rosa e do papai Ademir.

Aparecida, com 24 anos de idade, namorava Norberto, funcionário na empresa que Ademir passou a ser seu diretor comercial. Conheceram-se num churrasco que Ademir ofereceu em sua casa aos seus funcionários.

- Gostaria de fazer um pedido pro papai e para mamãe, disse Cidinha.

- À vontade, filha.

- Se não se importarem estou pensando em visitar meus pais. Anunciar e convidá-los para a festa do meu noivado.

- Quando você quiser filha, responderam Rosa e Ademir.

Ao chegar a casa, foram recebidos à porta pela mãe da Cidinha. Logo a notícia de que o pai tinha falecido há dois anos mais ou menos, vítima de uma cirrose. Que os seus irmãos tomaram rumos diferentes e que ela, a mãe, ignorava. Ao convite para a festa do noivado e que ganharia da filha um bonito vestido para estar presente, respondeu com frieza e até sarcasmo.

- Eu hein? Vá esperando...

Virou-se e entrou no barraco... Cidinha não se conteve e chorou sob o conforto do papai Ademir e da mamãe Rosa.

Ao retorno, na direção do carro, Ademir começou a refletir. Quantas vezes nossos filhos não são nossos filhos porque não manifestamos o nosso amor e não os tratamos como filhos?

Porque lhes compramos um tênis e pagamos seus estudos, entendemos que fizemos a parte como pais. O sentimento de afeto e aproximação inexiste. Quantas vezes precisam do nosso abraço, da nossa palavra e temem até conversar?

A omissão do pai, por vezes, torna o filho rebelde, levando-o a contrariar a sua natureza. Quantas vezes... Nessa altura da sua meditação, lembrou-se da amada Cidinha. Quantas vezes os que não são nossa carne, nosso sangue, são nossos filhos porque lhes dedicamos amor, compreensão e lhes abrimos as portas da fraternidade humana? E eles nos respondem com o afeto e respeito a nos homenagear diariamente. Sorriu.

Pelo espelho retrovisor viu a filha Cidinha com a cabeça no ombro da Rosa, ainda a soluçar...

A menina chorava por pais que não foram seus pais.

Do sorriso, foi a uma lágrima a rolar-lhe pelas faces.

Um pai também chora quando vê seu filho amado chorando...

"O lar é, antes de tudo, a escola do caráter e, somente quando os responsáveis por ele se entregarem, felizes, ao sacrifício próprio, para a vitória do amor, é que a vida na Terra será realmente de paz e trabalho, crescimento e progresso, porque o homem encontrará na criança as bases justas do progresso da redenção".

Emmanuel, do livro *Vida em Vida.*

A JOIA REENCONTRADA

O filho, João, com 35 anos de idade, estava bem de vida. Pequeno empresário com fábrica de produtos de plástico. Seus clientes, supermercados, lhe proporcionavam bom faturamento e ótima margem de lucros. Indústria com 92 assalariados que lhe permitia bom padrão de vida. Casado, tinha um casal de filhos e uma esposa dedicada. Uma família feliz numa cidade de 350 mil habitantes mais ou menos.

Para quem antes morava numa cidade de 18 mil habitantes, era muito diferente.

Domingo. Despertou ofegante. Sentou-se na beira da cama. Tinha sonhado com seu pai. Tristeza bateu no coração. Sem saber se era saudade, arrependimento ou simplesmente um sonho a provocar recordações.

Vivia bem com o pai, viúvo, aposentado. Conversavam muito. Riam. Nos fins de semana pescavam juntos no rio Batalha. Na contagem para ver quem tinha pescado mais lambaris, sempre ganhava.

João sempre pensando em progredir na vida. Na cidade onde morava com o pai e como gerente de um pequeno supermercado não via oportunidades para o crescimento profissional.

Depois de muito pensar e ensaiar resolveu falar com o pai. Seu sonho era morar numa cidade grande onde pudesse se estabelecer, crescer, formar família. Queria dizer que se sentia capaz de ser alguém na vida. E queria que o pai o acompanhasse. Seu pai concordou com suas ambições. Deu-lhe toda a força e até ofereceu-lhe um dinheirinho que tinha guardado, mas não pensava em sair da sua terrinha. Que o filho fosse atrás dos seus sonhos. João recusou o dinheirinho e ficou feliz com a compreensão do pai.

Com as economias acumuladas pelos rendimentos que tinha no emprego, foi embora para cidade grande em busca de novos horizontes. Começou a trabalhar numa fábrica de sacolas de plástico e sacos para lixo. Progrediu, tornou-se gerente, depois sócio e finalmente comprou a parte do parceiro, tornando-se proprietário único da indústria.

Absorvido pela ânsia incontida de lucros maiores,

sentindo seu progresso financeiro e social, a bela casa comprada, a troca de carro de dois em dois anos, o casamento e filhos, egoisticamente foi se esquecendo do pai. Não tinha tempo para sentimentalismos.

Havia passado quase 10 anos.

O sonho, a lembrança e a falta de notícias entristeceram seu domingo.

Como estaria seu velho? A sua saúde? A vida em solidão? Ainda pescava lambaris nos fins de semana?

Desabafou com a esposa, confessando-lhe o sentimento de culpa. A saudade e o sonho pesavam, e a consciência a pesar. A mulher lembrou-o que já lhe havia pedido mais de uma vez para procurar o pai por amor, carinho e gratidão. E que ele, por orgulho escondido sob a alegação de falta de tempo, nunca tomara a iniciativa.

- Onde já se viu? – dizia ela - as crianças e a nora não conhecerem o avô e o sogro? Desculpe-me, meu querido, mas pelas circunstâncias você é quem não está certo e a consciência está certa em lhe cobrar. Lembre-se do que Joanna de Ângelis disse: "A tua gratidão seja o amor que se expande e mimetiza a todos quantos se acerquem de ti, experimentando a dita de viver".

Reconhecendo a verdade na mensagem de Joanna de Ângelis, lembrada por sua afetuosa esposa, e o seu procedimento insensível, decidiu buscar o pai.

O carro vencia o asfalto. Durante o percurso lembranças despertavam sua memória. Os papos sentados na guia da calçada. As jabuticabeiras embelezando o quintal. A criançada da vizinhança apanhando suas frutas. Das pescarias e disputas. Sorriu o sorriso do passado que se perdera no tempo, no seu egoísmo.

Lembrou da parábola do filho pródigo: "Levantar-me-ei e irei ter com meu pai e lhe direi: Pai, pequei contra o céu e diante de ti; já não sou mais digno de ser chamado teu filho; trata-me como um dos teus trabalhadores..." (*Lucas*, capítulo 15, versículos 18 e 19).

Lágrimas embaçaram-lhe os olhos.

Foi direto para a casa do pai. Fechada com aspecto de abandono. Assustou-se. Na farmácia próxima a casa encontrou-se com o farmacêutico, seu amigo Anésio, que logo o reconheceu. Abraços e risos passaram para caras de interrogações e tristezas.

- Não sei do seu pai, João. Aliás, aqui na cidade, ninguém sabe. Depois que você foi embora nunca mais ele sorriu. Saia de casa só para ir à padaria ou vir aqui na farmácia comprar algum remédio. Nunca falava nada, nem reclamava de nada. De repente sumiu. Apanhou um ônibus e se foi. Perguntamos ao motorista o destino da sua passagem e ele disse que foi para uma cidade grande, mas não se lembrava o nome. "São tantos os passageiros que não dá para lembrar..." Sinto muito.

João empalideceu. Saiu a andar pela cidade. Encontrando amigos do passado, perguntava-lhes se sabiam do seu pai. Nenhuma resposta que o animasse. Foi até a Praça da Matriz. Sentou-se num dos bancos de pedra e pôs-se a pensar e a orar.

No banco à frente do seu, viu um homem maltrapilho, um pedinte, deitado. Reconheceu-o. Era o "Mané boca-torta" que perambulava pela cidade há mais de uma década. A sua face torta por ter sido atropelado por um caminhão que lhe prejudicara o semblante. A molecada começou a chamá-lo de Mané boca-torta e o apelido pegou. João levantou-se e foi ao seu encontro. Mané sempre ia até a sua casa tomar um cafezinho com um pedacinho de pão em companhia do seu pai.

- Ei, Mané, - disse João despertando-o, vamos tomar um café com um pãozinho fresco?

Mané acordou meio assustado. Sorriu com a boca torta ao reconhecer João.

Com os olhos arregalados:

- Num é que o fio vortô pro seu pai? Mas perdeu a viagem né? Papai foi embora ninguém sabe para onde. Só o Mané boca-torta é que sabe...

João assustou-se ao ouvir tal afirmação. Como é que um pobre homem sabia o destino do seu pai? Apressou-se a levá-lo para um bar próximo para o café e o pãozinho fresco.

- O que você sabe, meu amigo, do meu pai? Por

favor, Mané, me conta...

Os fatos acontecem quando têm que acontecer. Intervenções divinas espirituais vêm sempre revelando ao mundo que nada acontece por acaso. E o homem não crê. A sua ambição em acumular bens materiais o afastam da espiritualidade, o distanciam da sua eternidade. Continua vendendo o Divino Mestre Jesus por 30 moedas. Menos pessoas como o Mané boca-torta, que na sua humilde ignorância, desconhecia a sua importância na vida do João e seu pai. O elo, a chave e a esperança.

- Vô te contá o que eu sei do seu pai, seu João. Numa tardinha nóis tava sentado na carçada a conversá, e ele me disse que sem o fio em casa a vida ficô vazia e que tava com vontade de ir embora, sumir neste mundão de Deus. Perguntei pronde ele ia. Aí, ele me disse que ia começá numa cidade grande chamada Bauru.

João estremeceu. Bauru era justamente a cidade que escolhera e onde tinha a sua indústria, o seu lar, esposa e filhos. Difícil acreditar. Sequer imaginava que tal coincidência viria a acontecer em sua vida. Depois de alimentá-lo, levou o seu amigo Mané para o banco onde estava deitado, na Praça da Matriz. Deu-lhe dinheiro para o café e o pão durante muitos dias.

Acelerou o carro e voltou ansioso para a casa.

Contou para mulher o acontecido e começou a pensar em como encontraria seu pai em Bauru, se é que ele ainda estava na cidade. Diariamente ia à rodoviária e ficava observando durante horas as pessoas partindo e chegando. Foi aos hospitais, passava todos os dias no calçadão e pela rua 1° de Agosto, pela manhã e à tarde. O que também o preocupava era saber que o dinheirinho do pai se acabaria e ele nem saberia como e onde receber o valor da sua aposentadoria. Situação angustiante.

Vermelho no semáforo. Parou o carro. Um garoto, 10 ou 12 anos:

- Tio, me paga um sorvete? Luz amarela e verde. Fingiu que não ouviu. Saiu com o carro. Dois quarteirões adiante o peso da culpa. Por que não dera ao garoto umas moedas para comprar o sorvete desejado? Fez o contorno e voltou para aquele semáforo. O menino não estava mais lá. Seguiu. Viu o garoto caminhando na calçada. Encostou o carro e o chamou. Precisava conversar com alguém. Movido por emoção julgada estranha, contou pro menino a sua odisséia à procura do pai e onde já estivera na sua busca. O garoto só ouvia. Sem abrir a boca. João deu-lhe moedas para comprar o sorvete. Ao se afastar, ouviu a criança. - Êi, moço, o senhor já procurou seu pai no Albergue?

Descobriu o endereço e, ansioso, se dirigiu para o Albergue. A recepcionista o recebeu com simpatia. João explicou-lhe a razão da sua presença. Com um voluntário da hospedaria, foi ao salão onde se encontravam os albergados.

A casualidade não há.

Existem garotos pedindo moedas para um sorvete...

E João encontrou seu pai deitado numa das camas extremamente limpa daquela casa de Deus sob a proteção de pessoas abnegadas. De banho tomado, roupa limpa e bem alimentado.

Rendendo graças a Deus e agradecendo ao pessoal do Albergue, João levou o pai para sua casa onde a mulher e os filhos festejaram a chegada do pescador de lambaris.

O pai ficou no quarto de hóspedes. Confortável. Com frigobar e TV. João pediu que se deitasse. Sentado ao seu lado disse-lhe poucas palavras:

- Perdão, pai. Reencontrei a minha joia mais importante e mais valiosa.

Os olhos do pai se encheram de lágrimas.

Os netos e a nora entraram carregando um pedaço de bolo, com uma vela e cantando parabéns.

- Mas não é meu aniversário, disse vovô com a voz fraquinha.

- É sim, gritaram as crianças. Hoje é o primeiro dia do vovô aqui na sua casa. Todos os anos a gente vai comemorar o dia em que o vovô chegou aqui para fazer a gente feliz!

João, abraçado com a mulher, sentindo-se bem-aventurado, sorriu.

O sorriso que há quase 10 anos estava perdido na sua individualidade.

A brisa suave, carinhosamente, foi trazendo, devagarzinho, com ternura e afeto, a luz para iluminar o estojo da joia reencontrada.

"Viver é sempre dizer aos outros que eles são importantes. Que nós os amamos, porque um dia eles se vão e ficamos com a impressão de que não os amamos o suficiente".

Chico Xavier

DE DEGRAU EM DEGRAU A GENTE CHEGA LÁ

No vôlei o jogador não pode dar dois toques na bola. Se o fizer, o juiz pune o time com um ponto.

A vida, muitas vezes, proporciona única oportunidade para vencer. Não tema! Se a oportunidade surgir, dê apenas um toque pro seu futuro. Como o seu pai o ensinou. Salte além do seu limite para a bola te obedecer.

Discussões entre pais e filhos são comuns. Teimosia de um ou dos dois. Valem a pena? Certamente que não. São as raízes da ira. O bom senso aconselha a humildade para que se realizem como pai, filho e amigos. Nada melhor para agradar Deus.

Por quase nada o pai gritou com o filho. O filho respondeu ríspido. Se o pai conversasse o filho ouviria e responderia. O pai reconheceu e pediu desculpas. O filho não respondeu. Abraçou o pai.

Chovia forte. O pai pediu para o filho não sair de carro. Porém, sem dar ouvidos, ele saiu. O carro derrapou e capotou. Machucado, o rapaz foi para o hospital.

O pai cuidou do filho do mesmo jeito no dia em que o filho nasceu. Com as mesmas lágrimas.

O pai chegou do trabalho cansadíssimo. Estava na cara. O filho nem ligou. "Vou sair. Me dá um dinheiro aí". O pai deu. O filho saiu. E assim as vidas de muitos pais e filhos vão desfilando no mundo da acomodação e da indiferença. Que pena...

Pai com a saúde frágil. O filho orava. Sempre. O pai desencarnou. O filho continuou orando. O Espírito do pai continuou recebendo as orações. A passagem lhe foi leve.

A Terra é uma das moradas. Semeia as sementes do coração. Puras. E nascerão degraus para os seus passos a caminho de novas. Jardim com flores coloridas. Cerca branca. Espírito em paz a brincar com o gatinho no quintal da nova vida.

Respeitar as ações do próximo sem julgamentos, com orações, exemplos e as palmas das mãos à mostra é atitude dos espíritos elevados. Faz do respeito degraus...

Perdoe sempre. Independentemente do peso da agressão, da dor. A cada perdão os anjos voam mais alto para esperá-lo no topo da grandeza do seu Espírito.

Caminha em paz com você mesmo conduzido pela sua paz espiritual. De degrau em degrau, chegará, quando completar o ciclo, na nova casa em uma das moradas do Pai.

O PECUARISTA

Seu Damião, 59 anos de idade, era uma dos bons pecuaristas da região. Mantinha na engorda cerca de 200 a 400 cabeças de gado nos pastos com o melhor capim, além das melhores rações, sal, etc. Preferia cuidar de quantidades menores de bois para lhes dar tratamentos mais apurado. Engordava lotes que sempre tinham famosos frigoríficos para compras.

Casado com Dona Olga, 57, não tinha filhos por questão genética.

Estava com 225 cabeças na engorda. Diariamente, a cavalo, dava um giro pelos pastos e periodicamente fazia a contagem da boiada.

Quatro homens trabalhavam para ele e mais o Onofre, seu capataz há quase nove anos.

Na manhã do sábado, voltava da sua verificação. Ao passar perto do riacho que atravessava os pastos, viu um garoto negro, 10 ou 12 anos de idade, lavando o rosto.

– O que o garoto está fazendo?

– Dormi embaixo daquela árvore e tô lavando a cara.

– Dormiu embaixo da árvore? Por quê? Fugiu de casa? Fez alguma molecagem e brigou com seus pais?

– Num tenho casa e meus pais já morreram. Hoje foi a terceira noite que dormi aqui.

– Três noites dormindo embaixo de uma árvore? Meu Deus! Qual o seu nome e quantos anos têm?

– Mamãe era devota de São Benedito e "ponhô" o nome de Benedito ni mim. Quem me conhece me chama de crioulo Ditinho. Acho que tenho 12 ou 13 anos. Num sei certo. Nem o dia do meu aniversário.

Seu Damião sorriu da maneira de falar do garoto.

– Vem cá, Benedito. Segura minha mão, dá um impulso e sobe na garupa do cavalo. Vamos lá para casa tomar um café reforçado. Antes, vamos passar no Armazém do Povo que fica aqui perto e comprar umas roupas para você.

O menino sorriu feliz quando as roupas foram embrulhadas, principalmente os tênis.

Já em casa, disseram pro Ditinho tomar um banho e vestir as roupas novas. O garoto ficou deslumbrado com o banheiro. Nunca tinha visto um lugar tão chique para tomar banho. Vestiu-se, calçou o tênis e foi recebido pelo Seu Damião e Dona Olga com carinhosos sorrisos.

O garoto deliciou-se com tanta coisa na mesa. Mesmo acanhado, comeu um pouquinho de tudo. Fartou-se.

Durante o desjejum, perguntado, contou que os pais morreram de tanto beber pinga.

Nada mais lhe foi perguntado.

–Vamos fazer um negócio, Benedito? Enquanto não resolver a sua situação, você fica morando aqui, ajudando Dona Olga nos afazeres da casa. Serviços leves. Varrer o quintal, molhar as plantas, as roseiras, jogar milho pras galinhas, essas coisas. E o mais importante, fazer companhia para Dona Olga. E ninguém vai chamar você de crioulo Ditinho. Seu nome é Benedito, então, terá de ser chamado Benedito. Quando você crescer, deverá ter mais ou menos 1.80 de altura e pesar mais de 80 quilos. E Ditinho não vai combinar com o seu porte. Conforme umas coisas que vou ver na cidade, poderá ir à escola, aprender a ler, escrever e a conversar direitinho. Aceita?

Para alegria do Seu Damião e Dona Olga, a resposta de Benedito os encheu de alegria.

–O senhor e a senhora acham que eu não vou querer o céu? Eu tô como os peixinhos que vi hoje no riacho quando tava lavando a cara. Eles dançavam nas águas que era pura alegria. Agora sou um peixinho. Que São Benedito proteja os dois e que Deus dê a sua benção. E que cuidem dos peixinhos lá no riacho.

O som dos risos alegres invadiu a sala.

Após o almoço, Seu Damião foi de caminhonete

à cidade próxima, 12 km, 30 mil habitantes mais ou menos, para falar com o delegado de polícia e o Juiz de Direito, ambos seus amigos, e contar o caso do menino que iria ficar na sua casa. E se deveria fazer alguma coisa em relação à lei. O Juiz disse-lhe que iria estudar sobre conceder-lhe a guarda do garoto e cedeu-lhe um documento provisório para evitar problemas futuros.

Todos felizes, entregaram-se ao tempo, vivendo uma fase de tranquilidade e alegria.

Bendito, então, como dissera, "estava no céu".

Ao voltar para casa, Seu Damião encontrou Onofre que o esperava na varanda. Depois de conversa rápida sobre o gado, disse ao seu patrão que precisava deixar o emprego.

– Seu Damião, contra a minha vontade, eu tenho que ir embora. Minha filha foi abandonada pelo marido e, com uma filhinha de dois anos, precisa de mim e da patroa. Ela não pode se mudar para cá por causa do emprego. É funcionária pública de carreira, com boa posição e salário muito bom. Tem que pensar no futuro, na aposentadoria.

Seu Damião conhecia bem Onofre e do seu amor à filha única e à netinha. Sentiu nada poder fazer para conservá-lo a seu serviço. Colocou-se à sua disposição para ajudá-lo se precisasse de alguma coisa. No acerto de contas, deu-lhe uma boa gratificação, e o emprego permanecia sempre para sua acomodação.

Depois da partida de Onofre, promoveu Osvaldo, um dos outros trabalhadores para liderar o grupo. Como o lote era menor, 285 cabeças, tudo continuaria normal. Osvaldo trabalhava há três anos na fazenda.

E a vida continuou verde pelos verdes pastos, engordando a boiada sempre visitada por interessados na compra.

Feliz da vida, Benedito já estava no curso médio sendo um dos melhores alunos. Trabalhador como ele só, ajudava a patroa em tudo e de vez em quando já cavalgava com Seu Damião nas visitas à boiada e a percorrer os pastos, orgulho do patrão.

A vida na fazenda seguia feliz com o gado na engorda. Mesa farta, muito trabalho, sono repousante originado pela paz na consciência.

Graças ao juiz, a situação de Benedito perante a lei tinha sido regularizada com certidão de nascimento, RG e todos os documentos necessários. Seu nome era agora Benedito de Menezes, quase 19 anos de idade, 1.80 de altura, pesando 84 quilos.

O tempo avançava envelhecendo a gemer ao tic tac dos relógios, e o dinamismo, das pessoas escrevendo em suas faces pontos e vírgulas da exaustão.

Seu Damião chamou Benedito para acompanhá-lo pela primeira vez na contagem do gado. Cada um preparou seu cavalo. Benedito admirou-se com a sela do Seu Damião, tão trabalhada e esmerada que era. O patrão contou-lhe que o arreio era uma joia da família. Conservado desde seus avós. Era usada de vez em quando para "respirar". Tão importante peça contava a história dos verdes pastos desde a sua origem. Da fé dos seus antepassados que tinham Deus como parceiro inspirador maior de todo o suor verde que banhou as terras. Repetiu: "É a joia mais rica que tenho guardada. Não desisto dela por nada neste mundo".

Começada a contagem dos bois. Diziam como brincadeira, que Seu Damião era tão bom que contava as patas dos animais e depois dividia por quatro para chegar ao número final. Terminada, foi apurado que faltavam dois bois. O capataz Osvaldo comentou que poderiam ter se extraviado e que iria com os três camaradas procurá-los.

À noitinha, Osvaldo comunicava que os bois extraviados não foram encontrados. O patrão manifestou seu descontentamento afirmando que nada justificava o ocorrido e que não mais toleraria tamanha irresponsabilidade. Osvaldo afastou-se aparentando acabrunhamento sem dizer palavra ou sequer despedir-se.

O desaparecimento dos bois causou aborrecimento ao Seu Damião. Não pelo prejuízo., mas pela perda da confiança nos seus homens, particularmente no capataz Osvaldo, e pela maneira estranha ao se afastar sem dizer qualquer palavra. Bem, aconteceu. O futuro sempre revela acontecimentos passados.

Bendito também se aborreceu com o fato e ofereceu--se para ajudar em qualquer coisa que pudesse fazer.

Com o tempo passando, várias contagens foram feitas e sempre com resultados corretos, tranquilizando o proprietário e seu fiel companheiro.

Dona Olga sempre preocupada em manter a casa bonita, foi apanhar flores para o vaso central da mesa. Colheu algumas rosas e ao subir os degraus para a varanda, sentiu tontura, sofria de labirintite, e caiu. Foi socorrida por Seu Damião e Benedito, que chegaram meia hora depois do acidente. De caminhonete a levaram imediatamente para o hospital da cidade. Constatada fratura na perna direita à altura do calcanhar pela tentativa de evitar a queda e o sobrepeso no mesmo. Por medida de cautela deveria dormir no hospital naquela noite. No dia seguinte, já calma e com o pé engessado, foi levada para a casa. Bendito assumiu tudo na residência, inclusive cozinhar, o que tinha aprendido com Dona Olga. Quando precisava carregava a patroa para lá e para cá e dela cuidava com carinho extremo. A sua preocupação era a de um filho que amava sua mãe. A dedicação era incomum.

O tempo foi generoso e logo Dona Olga estava sem o gesso e já caminhava com a proteção de uma bengala que usava para, brincando, ameaçar Benedito. Ambos riam a valer.

Seu Damião comprou mais 100 cabeças de gado para a engorda passando a ter nos pastos 323 bois. Com Benedito em casa a cuidar de Dona Olga, passou a ficar mais tempo nos pastos. Amava o verde e a boiada. Às vezes, descia do cavalo, tirava as botas e caminhava descalço longo tempo para sentir o capim nos pés, sempre com um fiapo dele na boca.

Dia de contagem. Deixou Benedito em casa para servir à Dona Olga que ainda, por recomendação médica, não deixara a bengala. Terminada a conferência constatou que faltavam três bois.

–Ué, seu Osvaldo, estão faltando três cabeças. Será que se desgarraram? Dá uma olhada por aí.

Não comentou mais nada. Previa o que tinha acontecido.

Em casa, esperou o fim do dia e a presença do Osvaldo com a notícia.

Osvaldo chegou e lhe contou o que já esperava. As três cabeças do primeiro lote e já no ponto do corte, não foram encontradas.

Seu Damião ouviu e nada comentou. Recomendou apenas que continuassem procurando.

Na manhã seguinte foi à cidade fazer investigações. Perguntas aqui, perguntas ali, principalmente em pequenos açougues, descobriu seu alvo. Em determinado local meio distante da cidade havia um matadouro clandestino. Para lá se dirigiu. Encontrou-o. O dono não estava. Conversou com um dos empregados. Com as características de Osvaldo, o empregado afirmou que ele, Osvaldo, já estivera no matadouro e vendera cinco bois prontos para o corte. As suspeitas de Seu Damião se confirmaram. Voltou para casa.

Benedito foi avisar Osvaldo que o patrão queria lhe falar ao fim do dia.

– Seu Osvaldo, começou Seu Damião – O senhor sabe que leio bastante, não? Então, vou ler pro senhor um trecho do *O Evangelho Segundo o Espiritismo.* "Sede paciente; a paciência é também uma caridade e deveis praticar a lei da caridade ensinada pelo Cristo, enviado de Deus. A caridade que consiste na esmola dada aos pobres é a mais fácil das caridades; mas há uma mais penosa e, consequentemente, mais meritória: perdoar aqueles que Deus colocou sobre nosso caminho para serem os instrumentos dos nossos sofrimentos e colocar a nossa paciência à prova". (Capítulo IX, Questão 7).

– Seu Osvaldo, o senhor colocou a minha paciência à prova vendendo os meus cinco bois para o matadouro clandestino, e tornou-se um daqueles que Deus colocou no meu caminho para receber o meu perdão. Não vou denunciá-lo à polícia. Apenas assine este pedido de demissão, junte a sua tralha e saia imediatamente da minha fazenda.

–Só saio daqui depois de receber meus direitos. Indenização pelos quase quatro anos de trabalho, férias, enfim tudo em que a lei me favorece.

–Tudo que o senhor alega ter direito, não paga apenas um dos bois que o senhor desviou e vendeu. E ameaça por ameaça, se o senhor não assinar a demissão, serei constrangido a comunicar a polícia. Testemunhas do matadouro clandestino não faltam para comprometer o senhor diante da justiça.

Temendo, Osvaldo foi logo dizendo – Me dá essa porcaria para eu assinar. Mas aviso, Seu Damião, as coisas não vão ficar assim. O senhor não perde por esperar. Quando menos esperar, podem acontecer coisas que...

Benedito que ouvia a discussão apareceu assustando Osvaldo.

–Se pensa em fazer alguma besteira, Osvaldo, não se esqueça de que estou aqui para proteger Seu Damião e tudo da fazenda. Não tente nenhuma burrada porque se tentar, quem vai desaparecer é você e não bois, seu ladrãozinho vagabundo de gado. Experimente fazer alguma coisa e se arrependerá por toda a vida. Se acontecer algo vai ser com você, seu ingrato...

Seu Damião ficou sabendo que diante das intimidações de Benedito, Osvaldo teria se mudado para Cuiabá onde não lhe faltariam bois para engordar e "se engordar".

Com o que já tinha aprendido e ensinamentos do Seu Damião, Benedito de Menezes, com orgulho, assumiu a chefia dos pastos e do gado.

A paz e a confiança voltaram à fazenda, permitindo, inclusive, mais tempo para Seu Damião, que já passava dos 65 anos de idade e não precisava trabalhar tanto. E fazer mais companhia para Dona Olga nos seus 63 anos vividos.

Época da venda do boi gordo. Vários compradores e ofertas. Benedito de Menezes participando da venda junto ao Seu Damião. Propostas anotadas para estudos.

Ambos estudaram as ofertas.

Benedito pediu licença ao patrão para ligar para o comprador que oferecera o melhor preço, mas ainda longe do desejado por Seu Damião. Ao telefone conversou com o comprador pelo menos 12 minutos e... Fechou o negócio com o preço que o patrão queria!

Surpreso, Seu Damião indagou:

– O que você fez para convencer o comprador a pagar o nosso preço?

– Eu apenas disse que eram bois engordados nos nossos pastos, os melhores do mundo, e o desafiei a me responder onde ele encontraria boi para corte tão bom, do chifre aos ossos, melhor do que os do Seu Damião. Que o aproveitamento era 100%, de maior qualidade, e que o lucro era definitivamente garantido. E que ele, como o melhor conhecedor de gado para o corte, no futuro, voltaria a nos comprar novos lotes. Se não aceitasse eu falaria com outros compradores as mesmas coisas que acabara de lhe dizer. Ele pediu um minuto para pensar e fechou a compra.

A expressão no rosto do Seu Damião revelava alegria não apenas pela venda, mas pelo talento de Benedito de Menezes nas negociações.

– Vamos dar um giro, Benedito. Cada um prepara sua montagem.

Tudo pronto, Benedito viu que o patrão colocara no seu cavalo a sela histórica. Seu Damião entregou-lhe as rédeas dizendo que a partir daquele instante a montaria e a sela lhe pertenciam. Benedito tremeu. Tentou recusar. Em vão. Seu Damião estava determinado.

– Benedito de Menezes, Deus o colocou no riacho para lavar o rosto e para ser a minha armadura. Para o meu pasto ficar mais verde. Para segurança da minha boiada. Para dar amor à minha Olga. Para ser a sua bengala e o seu carro de luxo. Você fez a chuva verde para me alegrar. Marcou a sua presença tão forte que me lembro do trecho de *São Mateus*, capítulo XVIII, versículo V, de um a cinco, citado no capítulo VII do *O Evangelho Segundo o Espiritismo*: "Nesse mesmo tempo, os discípulos se aproximaram de Jesus e lhe disseram:

Quem é o maior no reino dos céus? Jesus, tendo chamado uma criança, a colocou no meio deles e lhes disse: eu vos digo em verdade que se vós não vos converterdes, e se não vos tonardes como crianças, não entrareis no reino dos céus. Todo aquele, pois, que se humilhar e se tornar pequeno como esta criança será o maior no reino dos céus, e todo aquele que recebe em meu nome uma criança, tal como acabo de dizer, é a mim que recebe."

Benedito chorava.

Damião continuou:

–Agradeço a Deus encontrar você lavando a cara no riacho dos peixinhos alegres. O crioulo Ditinho. O negrinho amado que plantou verde nos nossos corações. A criança que os bons espíritos colocaram embaixo da nossa árvore três dias à nossa espera. Crianças só têm amor para dar e mais ainda, para receber. Obrigado, meu filho, Benedito de Menezes. A partir de agora não somos mais o Seu Damião e a Dona Olga. Chame-nos como sempre deveria ter nos chamado: papai e mamãe...

Benedito comovido, ainda a chorar, montou o cavalo e se ajeitou na preciosa sela. Fez o cavalo dar uma empinada. Tirou chapéu e acenou pro Seu Damião, gritando, em soluços –Até logo, papai. Avisa a mamãe Olga que volto logo!

E saiu galopando pelo verde do seu céu...

PERDAS E GANHOS

A vida nos causa, diariamente, inúmeras surpresas. Algumas delas, nos deixam imensamente felizes, outras nem tanto. Entretanto, alguns fatos são terríveis. E podem mudar nosso destino para sempre.

Há 118 dias meu filho morreu. Tinha só 16 anos de idade. Meu filho único sofreu um acidente de carro. Estava de carona com o professor da escola onde estudava. O acidente aconteceu na volta para casa. Na estrada, um caminhão corria muito quando um pneu estourou. O motorista perdeu a direção, invadiu a pista oposta e causou essa desgraça. O professor e o motorista do caminhão sofreram apenas pequenos ferimentos. Meu filho se foi.

Há 119 dias enterrei meu filho. Pode imaginar como fiquei e como estou agora? Não pode. Por mais distante que for com sua reflexão, você sequer se aproximará de como estive quando meu menino morreu e como estou agora.

Sabe que briguei com Deus? Por que e como ele deixou que meu filho morresse tão tragicamente? Não pensou que, com a morte do meu garoto, eu e a mãe dele também morreríamos? Será que Deus não imaginou que nossa vida chegaria ao fim junto com a de nosso querido filho?

Sabe que fiquei noites e noites sem dormir tentando entender Deus? Conversei desesperadamente com Ele e Ele não estava nem aí com a minha dor. Nem aí com a minha mulher. Mas ela, apesar do acontecido, apesar de sofrer tanto pela morte do único filho, ainda reza fervorosamente com o espírito e a alma voltados para, como ela diz, o Pai.

Conhece a dor que se sente quando o filho que a gente ama morre aos 16 anos de idade e tinha projetado seu futuro? Dói tanto que até o pensamento adormece e quando acorda encontra só o nada. Dói tanto que até o canário na gaiola que era dele sentiu sua partida e deixou de cantar durante dias. Agora. parece que o está chamando quando canta.

Eu já disse que briguei com Deus? Ah, já contei...

Fui agressivo, sem medo de falar da minha amargura por sua indiferença quando o acidente matou a minha criança.

Quanto mais eu falava mais a dor me doía, me corroia por dentro. A agonia era tão forte que senti ganas de "matar Deus". Na hora da minha briga com Deus, a ouvir o que estava falando, tudo era tão forte que não continha minhas lágrimas. Eu chorava como chuva, era um temporal a golpear minha natureza, a me derrubar completamente.

Agora, a minha casa está vazia. O quarto do meu filho está vazio. Um eco profundo, que dói muito.

Quando entro em seu quarto vejo as suas coisas, todas exatamente como deixou quando saiu pela última vez. E elas me parecem que estão vivas, à espera de alguém para tocá-las. Não dá para ficar olhando. Não dá para enfrentar isso. Só dá para chorar com a saudade que ficou com as coisas e o silêncio, que me corta em pedaços.

Para não entristecer ainda mais minha amada mulher, eu brigava com Deus sozinho. Pranteava e falava de madrugada na sala, enquanto ela dormia no nosso quarto.

Na madrugada de ontem ela entrou na sala chamando-me para me deitar. Disse que eu precisava dormir, descansar um pouco.

Respondi-lhe que iria em seguida. Calmamente, ela entendeu. Já na porta do nosso quarto, ela se virou e, com seu jeito meigo, disse que eu estava sendo egoísta e injusto com Deus. Que pai nenhum deseja a morte de um filho de forma acidental e trágica. A fatalidade e outros fatores as provocam. Que Deus também sente dor quando acontece o que aconteceu com o nosso filho. Que os espíritos socorristas acolhem as vítimas e as levam para suas curas numa das tantas Colônias pelo universo que abrigam doentes e feridos. Nada acontece por acaso e nem Deus, na sua sabedoria, interfere.

Enquanto ela falava, percebi que eu havia me esquecido de tudo que li e aprendi na minha Doutrina Espírita. O meu egoísmo mencionado por minha mulher havia me cegado.

Ela continuou falando. Lembrando-me dos 16 anos felizes que tivemos com o filho em nossa companhia. Das alegrias que nos proporcionou nesse tempo. Daquelas expectativas agradáveis que a gente sentia à espera da sua volta de algum lugar. Do júbilo em acompanhá-lo nos estudos, nos seus sonhos, das suas paqueras que nos contava sempre a rir. Dos seus projetos que ainda serão realizados quando ele voltar. A transição não é a morte do nosso filho. A sua ausência física, na condição em que aconteceu, não é senão um intervalo na sua existência. Nós e nossos filhos somos de Deus. A nossa espiritualidade nos aproxima ou nos afasta d'Ele. Está na nossa fé. Não deixe que o egoísmo vença você. Não deixe que a sua tristeza consterne o nosso menino onde ele está agora. Continuemos a amá-lo com a nossa humildade, com o nosso espírito benévolo da renúncia, com a nossa resignação por tudo que Deus, a vida e os nossos irmãos da Terra nos proporcionam.

Minha mulher calou-se. Ao voltar para o quarto, sorriu levemente. Vi nos seus olhos o brilho que havia desaparecido desde o acidente com o nosso garoto.

Voltei a falar com Deus. Pedi perdão por tudo que lhe havia dito. A minha gratidão por ter me dado durante dezesseis anos a felicidade de ter o filho ao meu lado. Maravilhosos dezesseis anos! A saudade ficou no seu lugar. A lembrança ocupará todos os espaços da casa marcando o tempo em que o meu menino ficou na Terra.

Parei para pensar e entendi: a resignação bendiz o sofrimento que encontra a cura na oração e na espiritualidade.

A existência é feita com ganhos e perdas. O ganho é a dádiva da vida que nos alegra. A gratidão aconselha retribuí-lo. Amando ao próximo como nos amamos. Reconhecendo o dom concedido e do renascimento espiritual para reencontrarmos a nós mesmos. Os danos enfraquecem. Aprendemos com os nossos erros que nos ensinam com as reencarnações os primeiros passos para a caminhada ao crescimento espiritual. Só a humildade e a fé nos fazem compreender a dimensão de cada momento a nos conduzir pela avenida da eternidade.

O homem crê! "A certeza de um futuro próximo e mais feliz o sustenta e o encoraja, e em vez de lamentar--se, ele agradece ao céu as dores que o fazem avançar. Para aquele que, ao contrário, só vê a vida corpórea, esta parece interminável. E a dor pesa sobre ele com todo o seu peso" (*O Evangelho Segundo o Espiritismo*, Capítulo V, versículo 11).

Minha mulher me esperava. Fui para o quarto. Depois de 119 dias, dormi como "um anjo"...

Pela manhã, após o café, disse à minha mulher que ia sair para uma caminhada. Ela se surpreendeu porque eu não tinha esse hábito. Até riu. Voltei depois de quarenta minutos mais ou menos.

Ela estava na cozinha cuidando dos afazeres domésticos e do nosso almoço. Ouvindo meus passos, me viu e sorriu com aquele brilho no olhar que voltou a alegrar minha vida. Estendeu-me os braços e recebeu o buquê de rosas brancas que eu estava lhe oferecendo. Beijou-me carinhosamente.

Certamente, o nosso menino estava bem e alegre ao ver e sentir que a sua mamãe e seu papai estavam calmos e resignados, confiantes que o que lhe aconteceu são ensinamentos para a sua reencarnação numa das casas do Pai.

E que o seu desencarne serviu como ensinamento de filho para pais sobre a vida, a morte, a resignação e a eterna presença de Deus compartilhando das suas dores e exultações.

O ADOTADO

Casados há quase quatro anos,Solange e Humberto nutriam o sonho de ter filhos. A gravidez, porém, não acontecia. Consultas e exames junto a médicos especialistas era realizados, sem as respostas que os alegrassem. Solange e Humberto sentiam-se frustrados. Tanto que conversaram sobre filhos, pelo menos dois, durante o noivado...

Nenhum problema de saúde com ambos. Considerando as análises, os próprios médicos estranhavam a situação e não encontravam razões que impedissem a mulher de engravidar.

Com o passar do tempo, resolveram adotar uma criança. Queriam uma recém-nascida. Como se "nascida de Solange".

Foram ao Juizado de Infância e da Juventude mais próximo de sua casa e fizeram um Cadastro de Pretendentes para Adoção, apresentando todos os documentos exigidos. Após entrevista com psicóloga do juizado, o juiz daria seu parecer para a concessão do Certificado de Habilitação para Adotar.

Os critérios para adoção são extremamente rigorosos, aliás, muito justos, para se chegar até a fase final do processo.

Depois de um tempo longo, mais de um ano, o casal recebeu o telefonema que tanto esperou: eles deviam comparecer ao juizado.

Receberam a notícia de que uma criança com o perfil declarado pelo casal podia ser adotada. Um menino com três meses de vida, lindo e saudável.

Solange e Humberto, felizes, deram graças a Deus por tamanha dádiva. Lágrimas anunciavam a felicidade de ambos.

Concedida a guarda, o juizado emitiu uma nova certidão de nascimento para a criança, já com o sobrenome da família que o chamou de Augusto, que quer dizer, majestoso, nobre.

Uma nova família se formou. Nova vida, novas responsabilidades e o crescimento do amor. Era um lar feliz semeando para o futuro. Agora, uma vida, um espírito renascido, dependia do casal. Tudo era voltado para Augusto.

Passados três meses da chegada do menino em casa, maravilhada com os mistérios e as bênçãos de

Deus, Solange anunciava ao marido que estava grávida. Humberto ficou radiante. Como planejaram durante o noivado, teriam dois filhos! Augusto teria um irmão ou irmã. Não queriam saber antes o sexo da criança. Desejavam a surpresa que Deus lhes oferecia.

Augusto, robusto, com 15 meses, era a alegria do casal que ansiosamente esperava o nascimento do bebê e que já estava para acontecer.

Com parto normal, Solange e Humberto receberam mais um garoto. Um irmão para Augusto. Alegria geral e graças a Deus por ter concedido mais uma benção.

Deram-lhe o nome de Pedro. Homenagem ao seu avô falecido, pai de Humberto.

O crescimento dos meninos foi normal. Muito bem cuidados pelos pais, chegaram à idade de começarem a compreender os acontecimentos da vida. Mas ambos apresentavam personalidades definitivamente opostas.

Enquanto Augusto era calmo e tolerante, Pedro era mais agitado, ciumento e irado. Sempre provocando o irmão com palavras e ameaças. Quebrava um brinquedo, dizia aos pais que tinha sido Augusto. Proferia um palavrão que ouvira na escola, afirmava que Augusto o ensinara. O filho adotado somente ouvia, abaixava a cabeça e não respondia nada.

Humberto e Solange perceberam o ciúme e as inverdades de Pedro. Julgaram, por bem, antes que ele, Pedro, descobrisse e passasse a judiar mais do filho adotado, revelar a verdade a Augusto da sua situação na família.

Enquanto Pedro tomava banho, chamaram Augusto e narraram todos os acontecimentos. Desde a dificuldade em engravidar, a sua adoção e a surpreendente gravidez de Pedro. Completaram, afirmando que a presença de Deus continuava viva no seio da família. E que, com o irmão mais velho, Pedro acabaria aprendendo a ser bom e humilde. O garoto adotado, sorrindo, respondeu que já sabia, e que agradecia ter sido escolhido por Humberto e Solange. Agradeceu também por terem lhe contado.

- São meus pais de verdade.

Humberto perguntou como ele soube que era filho adotivo. Sorrindo carinhosamente, Augusto respondeu que um anjo havia lhe contado. Deu um beijo na face de seus pais, sorriu e saiu correndo para o quintal.

Narraram também para Pedro que já tinha pensado que alguma coisa não estava certa pela curta diferença de idade entre ele e o chamado irmão. Ao saber da adoção, seu ciúme aumentou a inveja de Augusto pelas melhores notas e por ser mais querido na escola pelos colegas e professores. Com mentiras, procurava complicar a vida do irmão na família e na escola. Repetia calúnias adoidadas, dizendo que ele maltrava seus pais em casa. E ficava louco da vida porque ninguém acreditava no que dizia, pois a sua fama de mentiroso e fofoqueiro já era famosa.

Augusto procurava sempre ser o melhor amigo de Pedro. Este o recusava, tão grande era a sua inveja.

O tempo passou e a relação dos irmãos continuou complicada. A história de Pedro e Augusto, já com 14 e 15 anos de idade, continuou com o desprezo de Pedro pelo irmão adotado. A humilhá-lo com a indiferença, a recusar seus convites. Havia momentos em que até negava-se a conversar com Augusto que, calmamente a tudo aceitava. Principalmente para evitar sofrimentos aos pais que a tudo assistiam. Tentaram, em vão, melhorar o comportamento de Pedro. Sugeriram-lhe consultar um terapeuta. Proposta que foi recusada prontamente. Agora, para não se indispor com o filho ou parecer proteção ao filho adotado, o casal ficava à margem dos acontecimentos, orando para que a paz os unisse.

Pedro começou a aparentar fraqueza física, cansaço com sangramentos nasais e nas gengivas. Seus pais o levaram ao médico que constatou também manchas roxas e vermelhas na pele do paciente. O médico, experiente, sem nada dizer, previu sério problema. Pediu um hemograma, exame indicado para avaliar as condições em que se encontrava o paciente. Com o resultado em mãos, determinou a biópsia da medula óssea, exame definitivo para a confirmação do diagnóstico.

Conversou com os pais do jovem. Revelou-lhes com

naturalidade que Pedro estava com leucemia aguda. Falou-lhes do tratamento. Explicou com termos científicos como seria a quimioterapia na primeira parte e, na segunda fase do tratamento, as estratégias de consolidação para combater possíveis focos residuais da doença. Pacientes que não respondem favoravelmente a esses tratamentos terapêuticos podem se beneficiar com o recurso do transplante de medula óssea.

Perguntado por Humberto qual seria o melhor tratamento para o filho, o médico afirmou que diante dos resultados apurados nos exames, o transplante da medula óssea seria o ideal. O detalhe, disse o médico, é conseguir uma medula, pois existe uma fila enorme de pacientes à espera.

Em casa, Humberto e Solange começaram a pesquisar fontes em busca de locais onde pudessem obter uma medula óssea para o transplante ao filho. Amigos e parentes se disponibilizaram a se cadastrar até encontrar um doador compatível.

O desespero começou a invadir os corações dos pais de Pedro.

Augusto, calado, acompanhava os acontecimentos, as pesquisas e as respostas desanimadoras.

Naquele cenário de angústia e dor, Augusto se dirigiu aos pais:

- Pai, mãe, que tal um exame em mim? Quem sabe a

minha medula óssea serve para o transplante do Pedro?

O casal espantou-se diante da oferta. Agradeceu afirmando que a compatibilidade não poderia existir dada a sua origem desconhecida e outras afirmações. Augusto entristeceu. Mas não desanimou. Continuou insistindo para que o examinassem.

Diante de tanta persistência, Humberto e Solange concordaram. Só assim Augusto voltaria a dormir em paz.

Rigorosos exames foram realizados até que o médico lhes desse o resultado inesperado.

- Existem fatos que nem a ciência é capaz de responder. Uns dizem que é milagre. Outros que é coincidência. Eu concordo com o primeiro. A medula óssea de Augusto é aquela que exatamente salvará Pedro de todo o seu sofrimento e devolverá a paz à família.

- Existem acontecimentos na vida, - disse Humberto – que somente Deus escreve. Os espíritos por Ele orientados nos conduziram para adotarmos Augusto sabendo da reencarnação de Pedro e da carga que teria que carregar na Terra na sua juventude para amenizar suas culpas morais e físicas. Aí está minha querida esposa, o exemplo do perdão e do amor no nosso filho Augusto. Ele chegou antes para acender o sol quando Pedro alcançasse a adolescência e recebesse a mais bela lição de solidariedade em sua vida.

Solange chorava. Suas lágrimas eram uma oração

de gratidão a Deus e de ternura para Augusto. Semeou e colheu a fruta a adoçar-lhe a vida. Abraçou Humberto e as lágrimas se encontraram...

Tudo preparado para o transplante. Dia e hora.

A cirurgia demorou pouco menos de duas horas. A medula de Augusto seria entregue ao seu irmão. Esta remoção não lhe causaria qualquer comprometimento à saúde. Dentro de poucas semanas, sua medula óssea estaria inteiramente recuperada.

Repouso para ambos. Pedro precisaria de mais tempo até estar completamente curado. Teria que ficar internado entre duas e três semanas.

Finalmente, todos estavam em casa, saudáveis e felizes.

Por maiores cuidados, Pedro ficaria mais uns dias na sua cama.Todas as noites, para lhe fazer companhia, a família se reunia no seu quarto para conversarem, ver TV e até contar piadas.

Certa noite, de repente, fizeram uma pausa. Desligaram a TV. Havia no ar uma sensação convidando à meditação. Como se presenças invisíveis ali estivessem a dizer: "Nossa missão está cumprida. Agora é com vocês. Esforcem-se para seguir firme em suas escolhas..." Uma brisa morna ficou no quarto...

Pedro, sentado na cama, revelava brilho nos olhos, com lágrimas que quebraram o silêncio.

- Meus queridos. Não posso nem devo mais me calar. Gostaria que o que vou dizer soe como uma oração. Obrigado papai, obrigado mamãe, por tudo que fizeram. Pelo amor que me dedicaram, pela compreensão, pela tolerância, pelas orações e lágrimas por mim.

Pedro calou-se. Voltou-se para o adotado e o encarou com a aquarela da emoção nos olhos. Como um arco-íris escorrendo cores...

- Augusto... O que vou falar para você? Que é um anjo? Não. Você não tem asas. Que é um raio do sol? Não, o sol se esconde. Que parece um santo pela sua humildade e tolerância? Não, você na tem coroa. Que é uma fonte de água para um cara morrendo de sede? Acho que sim. Que é o néctar das flores que os beija-flores amam? Também sim. Sabe Augusto, como e onde você é mais importante? É aqui. Nesta casa. Agora, neste quarto. Porque aqui eu posso lhe pedir perdão por não ter sido o irmão que você foi para mim. O companheiro e amigo que se calava quando devia defender o seu caráter.

Eu não sabia que foi Deus quem colocou você nesta casa para acender minha estrela e iluminar a minha vida.

Obrigado, meu caro Augusto, meu querido irmão...

O MAL DE ALZHEIMER

Júlio nunca imaginou que seu pai, viúvo, com 74 anos de idade, aposentado, viesse a ser vítima de um mal tão cruel. Fisicamente, Antônio estava bem, era forte. Totalmente independente em seus movimentos e ideias.

A distância entre a sua e a casa do pai era de apenas dez quarteirões. Por vontade própria, Antônio morava sozinho, no seu cantinho, como dizia. Uma senhora cuidava da casa e suas refeições. Nos fins de semana, almoçava com o filho. Ia e voltava a pé.

O Mal de Alzheimer começou de repente. Antônio esquecia dos acontecimentos recentes e se lembrava e falava de assuntos antigos, de fatos e pessoas falecidas há anos.

Após exames, o médico diagnosticou o Mal de

Alzheimer. Receitou medicamento e acompanhamento por cuidadores 24 horas por dia.

Casado com uma funcionária pública, Júlio tinha um filho de três anos. De um dia para o outro, sua vida mudou radicalmente, tendo que enfrentar sérias dificuldades. Como supervisor de vendas de uma grande empresa, Júlio viajava com frequência. Às vezes, ficava até duas semanas fora de casa. Agora, com o pai doente, precisava enfrentar problemas que mudariam radicalmente sua vida familiar e profissional.

Apesar das dificuldades, jamais abandonaria o pai. Tinha chegado a hora de retribuir-lhe tudo que dele recebeu durante a sua vida, principalmente o carinho.

Para adequar a situação e como tinha férias vencidas na empresa em que trabalhava, solicitou a sua liberação.

A esposa em nada podia ajudar. Trabalhava durante o dia, e à noite ficava com o filho. O menino era cuidado durante o dia por suas duas irmãs. Uma viúva sem filhos e outra solteira. Moravam juntas e viviam das suas aposentadorias e a renda do aluguel de uma casa de ambas.

Enquanto decidia procedimentos, permanecia quase o tempo todo na casa do pai a lhe fazer companhia e administrar o horário para os remédios.

Contratou um enfermeiro para fazer companhia e pernoitar junto ao seu pai.

Na internet pesquisou que "o Alzheimer é uma doença neuro-degenerativa que provoca o declínio das funções intelectuais, reduzindo a capacidade de trabalho e relação social, interferindo no comportamento e na personalidade". Leu que o paciente pode até lembrar muito bem de acontecimentos de anos, mas esquece daquilo que acabou de almoçar. No cotidiano, afeta a capacidade do paciente de aprendizado, atenção, orientação, compreensão e linguagem. Fica cada vez mais dependente da ajuda dos outros, até mesmo para a rotina básica como a higiene pessoal e a alimentação.

Aos domingos, Júlio levava-lhe as refeições. Ele gostava e, nos raros momentos de lucidez, elogiava a nora como boa cozinheira.

Enquanto o pai cochilava na cama após o almoço, sentava-se no sofá da sala da TV. Naquele domingo não a ligou. Apanhou o porta-retratos que estava na mesa de centro com a foto dele, menino, junto com o pai. E as lembranças começaram...

Recordou-se das festas de aniversário que seus pais lhe faziam. Dos presentes que ganhava, do trator tão grande que parecia de verdade.

Depois que a mãe faleceu o pai nunca se esqueceu da festa no seu aniversário.

Do futebol no quintal. O pai ficava no gol e ele cobrando pênaltis. Marcava mais do que o pai defendia.

Sabia que o pai deixava.

Da bicicleta que ganhou e tempos depois caiu e quebrou o braço. Do desespero do pai. Do braço engessado. Dos autógrafos e desenhos do pai e amigos no gesso.

Lembrou-se vagamente da morte da mãe. Na ocasião, com apenas quatro anos, não compreendeu bem porque o seu pai chorava sem parar. Porque ficou tanto tempo sem rir e ficava sozinho no quarto horas e horas. Porque quase não falava com ninguém. Depois que cresceu mais um pouco, descobriu como o pai e a mãe se amavam e demonstravam esse sentimento com abraços e beijos delicados. Recordou que prometeu a si mesmo que, ao casar-se, seria como os dois. Viveria beijando a esposa e amaria os filhos como seus pais o amavam.

Quando foi levado à escola no seu primeiro dia, tinha muito medo, mas com as palavras do pai criou coragem, enfrentou o receio e foi em frente.

Lembrou também do que o pai lhe falou ao completar dezesseis anos de idade. Da vida. Do mundo. Da sociedade em que viveria. Da competição entre os homens. Das dificuldades naturais e como enfrentá-las. Das tentações. Do maior mal da humanidade: o egoísmo que leva o homem a praticar maldades com o objetivo de acumular bens materiais. Da beleza e conforto da espiritualidade, portadora da paz, condutora da existência cristã, do homem do bem e de fé a Jesus Cristo.

Do poder da oração e da ligação com os nossos guias espirituais por meio da nossa sensibilidade, da nossa conduta e do nosso amor ao próximo. Rindo, disse-lhe que não queria morrer num domingo. Deus descansava e não queria lhe dar trabalho.

Estava ofegante, com um nó na garganta e vontade de chorar. Libertou as lágrimas que suavemente chuviscava saudade no porta-retratos em suas mãos.

Para se recompor, levantou-se, foi à cozinha, bebeu água e passou pelo quarto para dar uma olhada no pai. Estava acordado. Ao reconhecê-lo, seu pai perguntou:

- Onde estão meus pais? Eles estavam aqui e de repente sumiram. Para onde seus avôs foram? O filho respondeu que tinham ido comprar frutas e logo estariam de volta.

Era assim. Perguntando de pessoas falecidas, de acontecimentos que não mais existiam.

O enfermeiro da noite entregou-lhe um cheque que seu pai havia lhe dado como presente, valor razoável. Agradeceu a sua honestidade. Entendeu que era preciso interditá-lo junto ao banco. Conversou com um advogado amigo que prometeu cuidar da situação. Com diplomacia e cuidados, conseguiu que o pai assinasse uma procuração concedendo-lhe plenos poderes. A situação criou problemas que foram esquecidos com o tempo. Com a aposentadoria, fazia a compra semanal no supermercado, pagava as contas, etc.

Na medida em que o tempo passava, o Mal também avançava. Sem intenção, o pai tornou-se agressivo nas palavras, ameaçando com agressões físicas quem o visitava, inclusive o enfermeiro.

Ao filho restava-lhe somente orar. Orava a prece 43 de *O Evangelho Segundo o Espiritismo*: "Meu Deus de infinita bondade, dignai-vos abrandar a amargura da situação de meu pai, se assim for da Vossa vontade! Bons espíritos, em nome de Deus Todo-Poderoso eu vos peço assistência para as suas aflições. Se, no seu próprio benefício, elas não podem ser diminuídas, fazei-lhe compreender que elas são necessárias ao seu adiantamento. Dai-lhe a confiança em Deus e no futuro, que as tornará menos amargas".

Dai-lhe também a força de não sucumbir ao desespero, o quem lhe faria perder os benefícios e tornaria sua situação futura ainda mais penosa. Revertei o meu pensamento para ele, e que assim eu possa ajudá-lo a sustentar a coragem necessária.

Ao terminar a oração, sentia seu espírito elevar-se à dimensão etérea e ser recebido por seus Guardiões.

Em entendimentos com os seus patrões e por ser um funcionário de plena confiança e alta produção, ficou combinado que suas viagens seriam apenas de uma semana. De segunda a sexta-feira e que as localidades mais distantes seriam cobertas por outro supervisor sob sua orientação.

Quando estava fora a serviço, diariamente telefonava para a esposa, que na volta do trabalho passava todos os dias na casa do sogro, que raramente a reconhecia e na maioria das vezes a ignorava. Ela examinava se os medicamentos estavam sendo aplicados, se não faltava nada em casa, e tudo mais. Quando era identificada, conversava com o paciente até, de repente, ele esquecê--la ou adormecer.

A doença interfere no cotidiano dos familiares da vítima do Mal de Alzheimer. Coragem e paciência não faltavam ao filho e à esposa. Até quando fosse necessário aceitariam os sacrifícios e as renúncias pessoais. Era tempo de entendimento, da humildade, da entrega dos membros da família voltado para o doente. Era tempo de orar para a interferência dos mentores, de conversar com Deus declarando a confiança na Sua benevolência.

Quase dois anos de lutas se passaram.

Noite de sábado. O enfermeiro lhe telefona comunicando-o que seu pai estava febril e tossia muito. Imediatamente foi à sua casa. Febre alta. Atendendo ao conselho do enfermeiro, levou o pai para o hospital. Seu bom plano de saúde facilitou a sua internação em apartamento exclusivo. O médico de plantão chegou para os exames iniciais. Mostrou-se preocupado com os sintomas do paciente. Auscultou os pulmões e determinou imediatas radiografias do tórax. Também pediu exames de sangue para identificar o agente causador da doença e buscar o tratamento mais adequado. Receitou medicamentos para controlar a febre, a pressão e para que o paciente pudesse dormir até os resultados dos exames.

Logo pela manhã o filho voltou ao hospital. Outro médico entrou no apartamento com os resultados em mãos. Informou que seu pai estava com pneumonia e que passaria a ser tratado com antibióticos. Pelos exames, concluiu também que o estado do sistema do paciente encontrava-se comprometido. A sua fragilidade física causava preocupação. O seu estado agravado pelo Mal de Alzheimer poderia até bloquear a sua vontade de se curar tornando-o mais fraco ainda.

Terceira semana no hospital. O pai não melhorava. Cada dia mais debilitado. Alheio, ignorava a situação e não reagia favoravelmente. Os antibióticos não faziam o efeito esperado e desejado. Os médicos, alterando medicamentos, buscavam minimizar os efeitos da pneumonia. Todos os recursos para eliminá-la foram utilizados, mas nada dava certo.

Às vezes, o espírito da pessoa quer se libertar e é impedido pela ciência. É a luta do homem contra os mistérios da vida. Sempre será assim. O dever dos cientistas contra o tempo dos espíritos na Terra.

Estava no escritório e telefonaram-lhe do hospital. Ao chegar naquela manhã de segunda-feira, percebeu que os funcionários o olhavam de maneira diferente. Alguma coisa não estava certa. Acelerou os passos e entrou no apartamento. A assistente social do hospital foi ao seu encontro e lhe disse:

- Lamentamos. Seu pai não acordou hoje...

Desmoronou. E na queda pareceu-lhe ouvir sinos a badalar paz. Pareceu-lhe ver estrelas que o sol não conseguira ofuscar naquela manhã em que espíritos acolhiam um irmão muito amado.

Aproximou-se da cama. Queria ver o pai. Viu um rosto sereno quase a sorrir.

Expressão feliz.

Não morreu num domingo. Deus não estava descansando...

O filho lembrou-se do que o pai lhe dissera. Era segunda-feira. Um leve sorriso se afogou nas lágrimas a escrever amor nas suas faces...

- Te amo, pai...

A segunda-feira ouviu, sorriu e também chorou diante de tanto amor...

PREZADO LEITOR

Pronto. Você acabou de ler a última história deste livro.

Algumas foram baseadas em acontecimentos reais. Por razões claras, os nomes das personagens foram mudados. Outras, se não aconteceram, podem estar acontecendo ou acontecerão. A vida escreve diariamente os mais diferentes fatos.

Este é um livro que nunca terá fim. É como o amor dos pais pelos filhos e o amor dos filhos pelos pais.

Existem ainda muitas histórias a serem escritas. E outras que acontecerão para serem narradas.

Até você, leitor, poderá criar situações que originarão outros capítulos. Positivos ou negativos perante Deus. Depende de você. Das suas escolhas.

A capacidade do homem está no livre-arbítrio. A liberdade para decidir é uma arma poderosa! Fazer ou desfazer. Ir e vir. Semear o bem ou o mal. Amar ou não amar. Beber águas ou peçonhas. Paladino ou algoz. Amar ou não o próximo. Ser misericordioso ou inumano. Ser o mocinho ou o bandido.

Existem verdades que precisam ser reveladas. Estão na boca dos covardes, dos bufões e dos egoístas. Os homens de bem não as têm caladas. Estão edificando templos e construindo a família.

Há homens que ainda não alcançaram sequer a metade do caminho a percorrer. Vivem a tropeçar nos seus próprios bolsos. A liberdade lhes é a chaga do egoísmo. A infidelidade em todas as suas áreas de trabalho e sociais é a sua armadilha. Usam a máscara da mentira para parecerem bonzinhos e honestos. Atrás desse disfarce só não enganam a Deus. Sabem disso e vivem a fingir que ignoram. Pensam que são eternos na Terra. Serão o mesmo ou o pior pó daquele que vieram. *...porque tu és pó e ao pó tornarás. Gn 3.19*

Você acabou de ler a última história deste livro que nunca terá fim.

Se por acaso sentiu-se próximo da personalidade e conduta de uma das personagens nele descritas como pai ou como filho, **PARE!** É hora de refletir! De render graças ao Mestre Jesus Cristo pelas misericórdias recebidas. Ou de se pungir por suas impudências. É hora de confirmar a generosidade do seu Espírito continuando a semear a semente boa. Ou de se arrepender das suas imposturas que feriram até sangrar seus irmãos. A compunção abranda o coração de Deus.

Às vezes, a gente fica triste quando alguma coisa que gostamos termina. Como autor deste livro, poderia me entristecer por ter escrito a sua última história. Mas não me sinto consternado porque, repito, é uma obra que nunca terá fim. Torço para que as futuras histórias que a vida vai escrever sejam telas primaveris.

A compreensão de que nossas vidas se sucedem até alcançarmos a suprema espiritualidade por meio da inteligência, do amor ao próximo, da humildade e da confiança em Deus nosso Pai maior.

Que a paz do Mestre Nosso Senhor Jesus Cristo esteja sempre conosco.

Assim seja!
Munir Zalaf

Ser, ouvir, crer e orar

Pai é a sombra que ameniza e protege o
filho das luzes enganosas.
Ser filho é se abrigar sob a sombra do pai e orar ao seu abrigo.
Pai é revelar a humildade da alma e do espírito.
Ser filho é confiar na revelação a levá-lo ao seu norte.
Pai é barqueiro a proteger o filho das intempéries humanas.
Ser filho é navegar nas águas que o barqueiro serenou.
Pai é a coragem a enfrentar as adversidades no chão.
Ser filho é agir sob a palavra e gestos paternos.
Pai é bússola na Terra a indicar o amor, o bem e a paz.
Ser filho é abafar o mal e a perdição nas suas próprias trevas.
Pai é o homem sem camisa porque a cedeu ao filho.
Ser filho é dividir a calma que a camisa o sagrou.
Pai fala das vidas mortes idas e vindas sombras e compunção.
Fala do livre-arbítrio esperanças e ressurreições, das escolhas
no universo dos méritos e das culpas.
Pai com olhos marejados fala das fraquezas humanas da
omissão do amor ao próximo da indiferença ao achegado.
Em verdade, pai deve ser a imagem do Pai Celestial.
Nas orações pai conversa com Deus.
Pai sabe que Deus responde no Seu silêncio...
Ser filho é ouvir, crer e orar com o pai.